ピュウ

PEW
ピュウ

キャサリン・レイシー
Catherine Lacey

井上 里＝訳
Sato Inoue

岩波書店

PEW

by Catherine Lacey

This Japanese edition published 2023
by Iwanami Shoten, Publishers, Tokyo
by arrangement with The Wylie Agency (UK) Ltd, London

ジェシー・ボールに

彼らは通りへ出て、ひとりで歩いていく。歩きつづけ、美しい門をくぐって、迷うことなくオメラスの都の外へ出る。オメラスの田畑を歩いて渡っていく。少年も少女も、男も女も、ひとりで歩きつづける。夜の闇が下りてくる――旅人たちは、黄色い灯りのともった家々のあいだを縫うようにして村を歩き、やがて暗い荒れ野へ出ていく。ひとりきりで西へ行き、あるいは北へ行き、山があるほうへむかう。彼らは歩きつづける。オメラスを去り、闇のなかを行き、そしてもどらない。幸福の都よりも想像のつかない場所へ行く。わたしにはその場所を描写することができない。その場所は存在しないのかもしれない。だが、彼らには自分がむかう先がわかっているようだ。オメラスを去る彼らには。

アーシュラ・K・ル＝グウィン『オメラスを去る人たち』

目次

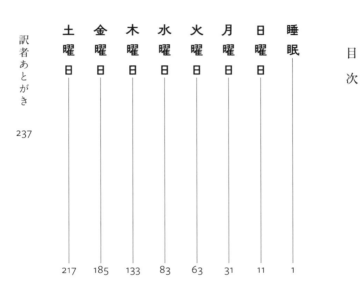

睡眠

もしもあなたが――願わくばそんなことにならなければいいが、人生はなにが起こるかわからないから――もしもあなたが、眠くなり、くたくたに疲れて、自分の骨の動物的な重さのほかはなにも感じなくなり、暗い夜道をたったひとりで歩いていくうちに一体自分がどれくらい歩きつづけてきたのかもわからなくなり、両手を見てもそれが自分の手なのか確信が持てなくなり、暗い窓に映る影を横目に見てもそれがだれの影なのかわからなくなり、ただひとつの望みは眠ることだというのに眠る場所を見つけられないのだとしたら、あなたにできるのは教会を探すことだ。

教会のことはよく知らないが、教会にはドアがたくさんあって、真夜中に行くと、たいてい鍵がかかっていないドアがひとつは見つかる。なぜ教会にたくさんのドアがあるのかというと、人々が入ってきては出ていくからだ。集団で、足早に。見たところ、その人たちには教会に入る理由がたくさんあり、教会を出ていく理由はもっとたくさんある。だが、わたしが教会に入るのは眠るためだ。教会を出ていくのは、眠っているところを見つかりたくないからだ。見つかって出ていくよう言われることもある。それ以外に教会へ行く理由は思い出せないが、このところ、なにかを思い出すことが困難になっている。ある場所を去る。歩く。たくさんの教会で眠る。そのあいだに様々なことが起こる。わかっているのはそれだけだ。

教会――特別にすばらしいところだとは思わない。すばらしいところだと思ったことは一度もない。そういう理由から疲れている人に教会をすすめたいわけではない。神の愛や救済も関係ない

——そうした話は、そもそも人の手におえるものではないのだから。肝心なのは、教会には壁と屋根と美しい窓があって外が見えないことだ。その点、教会はカジノに似ているし、ショッピングモールや大型のドラッグストアにも似ている。通路があり、どこからか音楽が流れ、人々は最後の望みを永遠に探しつづける。

教会は建物で、通常は堅牢な造りで、あなたを外界から十分に遠ざけてくれ、そして外界が十分遠くにあるとき、人は眠ることができる。睡眠を必要としない人などいないように思えるが、必要になったからといって都合よく手に入らないのが眠る場所であり、そこへたどり着くための時間だ。だから、教会だ。教会というのは、いつの日かこの問題に直面するだろうあなたを救う場所であり、もしかすると、すでにあなたを救った場所かもしれない。

一時期、わたしはいつも教会で眠った。木立やトイレの個室やガソリンスタンドの裏で眠ることもあったし、墓地では何度か長い昼寝をすることもできたが、あのころ、十分な時間眠ることができたのは教会だけだった。いまでは完全に熟睡することも完全に目が覚めていることもない。昼と夜は同時に過ぎていく。時々、自分は睡眠に手紙を書いているのではないかと思うことがある。自分のことを覚えているか、戻ってくるつもりはあるかとたずねるために。死の兄弟が返事をくれたことはない。しばらく、わたしは教会から足が遠のいていた。

大きな教会。それが、眠りたくなった時にあなたが探すべき場所だ。大きな教会には鍵のかかっていないドアが多いし、大小様々な建物、部屋、廊下、遊び場、体育館、厨房——あるいはふたつの厨房——のあいだにはちょっとした暗がりがあり、大きな教会の隣に小さな礼拝堂が立っていることさえあり、そして、大きな教会にある小さな礼拝堂には、かならずと言っていいほど鍵がかかっていない。それに、大きな教会にはさまざまな人たちが集うので、特定の話題に関して意見が合うことは滅多になく、だから、彼らが万が一眠っているあなたを見つけたとしても、あなたをどうやって追いだせばいいのか(呼ぶべきなのは警察か牧師か、与えるべきなのか奪うべきなのか)すぐに決断できるとは考えにくく、そして、どうすればいいか迷っている人たちから逃げだすことは簡単だ。彼らから逃げたことは何度もある。大きな教会へ行く人たちは、教会に――広大な敷地と無数の部屋に――信じるという行為を肩代わりさせようとしているが、教会はただの建物にすぎない。教会は考えない。教会はレンガとガラスでできている。教会で眠ってみればそのことがわかる。

なぜ、こんなことになったのだろう。

時間はどこか別の場所で流れ、ここにある時間は現在ではなく実は未来で――逃れようのない未来で、現在という時間はこの手には届かない過去を流れており、わたしはここで、未来のある時点に閉じこめられているのではないだろうか。肉体はわたしの下にあってわたしを連れ回すが、わたしに属しているようには思えず、そして、たとえこの目で見ることができたとしても、この目が自分の目だと確信が持てることもない。

いまもわたしは、眠れないまま、目覚めとともに訪れるあの瞬間のことを考える。人生がこちらに向かってまばたきをするあの瞬間。あの始まりの瞬間が、新しい一日を与えられ、手に入れたのだというあの感覚がわたしは恋しい。あの瞬間はわたし自身のもので、わたしだけのものであると同時に他人のものでもある。

教会で一晩眠ることができたら、そこで目を覚ますことがどれほどすばらしいかわかるだろう。あなたが無神論者なら思わず神を信じそうになるだろうし、あなたが神の存在を信じているのなら、その瞬間、祝福されたように感じるに違いない。そんなふうに祝福されるのはとてもいいものだ。旅をしている間中、穏やかな祝福を絶えず感じていられるのは。

ガソリンスタンドのトイレ——尿にぬれた床、タンポンの自販機、小便器、ドアの開いた個室——に入ると、わたしは鍵を閉め、服を脱いで体に水を浴びせた。

ひび割れた鏡に、二本の脚と腕が映っているのが見える。目を閉じ、いま見たばかりの体を思いだそうとするが、閉じたまぶたの裏にはどんなイメージが浮かぶこともなく、自分がどんな容れ物のなかで生きているか思いだすことはできない。また、目を開ける——体が見える。ある部分は大きく、別の部分は小さく、ある部分は柔らかく、別の部分は固く、両脚のあいだには守らなくてはならない部分がある。なぜ守るべきなのかはわからない。

ふたたび服を着ると、それがどんな体であったか、どんな体であるか、すべての記憶が服の下に消えてしまう。おそらく自分は——どんな存在であれ——カヌーの底に横たわり、横たわったまま空を見上げているのだ。体を起こすことはおろか動くこともできない。なぜカヌーに乗りこんだのかは覚えていない。時々、人々がそのカヌーに話しかけてくるのが聞こえるが、彼らはカヌーのなかに横たわったわたしには気付いていないようだ。そう、そういう感じに近い。生きるというのはそういう感じだ。その程度のことを言葉にするのが、なぜこうも難しいのだろう。明確に言葉にできる日は永遠に来ないような気がする。

いつだったか、きみは華奢な首をしている、女性らしい首だ、と言われた。女性らしい首なのに、男性らしいがっしりした肩をしている、と。もしかすると逆だったかもしれない——華奢な肩とがっしりした首だと言われたのだったか。誰かがこの体について言うことは、いつも、かつて別の誰かに言われたことと食い違っている。自分の肌を見ても、それが何色なのかわからない。鏡を見ても特に目を引くものはない。わたしという存在は、この皮膚と筋肉と骨と脂肪と髪のどこかにいるのかもしれない。体についてなにか言うことができるのはいつも他人だけなのかもしれないし、それとも、体の内側からしかわからない真実があり、それは見ることも説明することもできないものなのかもしれない。時がたつにつれて体は変化する。大きくなり、縮み、皮膚は薄くなったり厚くなったりし、新しい体が別の体のなかに生まれ、四肢から麝香《じゃこう》のような匂いがしてくると洗わなければならず、臓器は暗闇で腫瘍を育てる。だが、体にはまだなにかあるのではないか。目には見えないものが。なぜわたしたちはそのことを話し合わないのだろう。

真夜中のガソリンスタンドで、レジ係の女性が、ビスケットを一枚とふやけたホットドッグをひとつくれた。そして、自分のむかしの白黒写真をわたしに見せた——写真のなかの彼女は若く、白いロングブーツを履き、短い髪は丸くセットされ、真っ黒だった。ガソリンスタンドにいる彼女の髪は薄く、白かった。彼女はわたしの名前を尋ねなかった。**ベイビー**と呼び、**シュガー**と呼び、スキットルに入れたウイスキーを飲ませてくれ、カウンターのうしろで眠らせてくれた。わたしたちは二人きりで無に囲まれ、地平線に見える町はこの世のものとは思えない光を放っていた。わたしは眠ろうと床に横たわり、彼女はそのそばにすわって膝の上で新聞を持ち、空いた手はライフルのそばに置いていた。彼女は、カヌーのふちからこちらをのぞきこみ、そこに横たわるわたしに気付いた数少ない人だった。**ハロー**。

あなたは何者ですか？　時々そう尋ねられると、質問に質問で答えることは失礼だとわかってはいても、時と場合によっては礼儀を無視することにした。尋ねてきた相手に問い返す。**あなたは何者ですか？**　こんな質問は口にするのも耳にするのも耐えがたい。尋ねるたびに、尋ねたことを後悔した。時々、相手は質問に答えた――**わたしはキリスト教徒です、わたしはアメリカ人です、わたしは黒人です、わたしは白人です、わたしはここの出身ではありません、わたしは空腹です、疲れています、怒っています、女です、男です、ゲイです、牧師です、共和党支持者です、母親です、息子です、四十三歳です、ホームレスです。**時々は短い笑い声だけが返ってきた。そうした笑い声は彼らの胸のなかで高くなったり低くなったりして外へと流れ出し、消えたあとにはなにも残らなかった。

ガソリンスタンドの夜が明けると、レジ係の女性はミルクを一パックくれて、困ったらまた来ればいいと言った。彼女は、あなたは何者なのかと聞かなかった。

ゆうべ、二人きりの夜の闇のなかで、彼女は言った――

日曜日に働こうとするのはあたしくらいだよ。日曜日にはみんながガソリンを買いたがる。なのに、自分たちが日曜に働くのはまっぴらなんだ。おかしな話だね。日曜にも開いてるのがうちのいいところだけど、そもそも日曜に客が来るっていうのが問題なんだから。

彼女はしばらく沈黙し、首を横に振りながら、乾いた音を立てて新聞をめくった。

でもまあ、あたしの思うすばらしい牧師さんっていうのは、教会にすわって信者の注目を集める人のことじゃないね。昼間は子どもたちの世話をして、夜も修道院の宿泊所で子守りをしている女

の人を知ってるんだ。あの人は神さまのことも聖書のことも一言だって話さない。話す必要がないんだ。だけど、あの人を見つめる子どもたちの目を見るといい――どんなことを知ってるか聞いてみるといい。たくさんのことを知ってるんだから。

日曜日

わたしは信者席《ピュウ》の上で目を覚ました。横向きに寝て、両膝を折りまげていた。その体勢のまま、わたしは動かなかった。頭のそばに人の体の温もりを感じた。床を見ると紺色のズボンをはいた脚と薄茶色の靴があった。上を見ると無精髭が生えたあごがあった。部屋に朗々と響く声は遠い雷のように聞こえた。関節が痛い。何週間も眠りつづけていたかのように、体は重く、動かず、心はからっぽで、薄いクッションの上で全身がこわばっていた。

近くには別の誰かもいた。水色のワンピースの長い裾がゆったりと床に垂れていた。明るい茶色の髪はうなじのあたりで丸くまとめられている。その人のむこうに、三人の子どもたちがいた。男の子ばかりで、頭のそばにすわっている人と同じようにスーツを着ていた。一番小さな男の子は眠っていた。一番大きな子は油断のない目つきで前をにらみ、両手には紺色の表紙の厚い本を持っていた。中くらいの男の子はこちらを見ていて、目が合うとそばのワンピースを引っ張った。ワンピースを着た人は、男の子の小さな手を取ってきつく握った。男の子は顔をしかめた。ふたりの手が離れた。この人は母親と呼ばれる種類の人にちがいないという考えが、ゆっくりと頭に浮かんできた。母親はワンピースを着て、手をつなぐものだ。こんなふうに、ふいに言葉が現れることがある。どこからか声にならない声が聞こえてきて、わたしに言葉を伝えてくる。

また、中くらいの男の子がわたしを見た。さっきよりも不安げな顔だった。怒りと興奮の混ざった苦しげな顔。教会の一番前にいる声が使い古されたあの言葉を言い、教会にひしめく声が使い古された同じ言葉でいっせいに応え、こちらを見つめている男の子もつぶやくような声で彼らに加わった。

オルガンが、長い和音を、はじまりを、号令を叫んだ。信者席をきしませながら、たくさんの体が立ちあがる。こちらをにらんでいた男の子は、居眠りをしている一番小さな男の子の脇の下に両手を差しこみ、立ちあがらせた。彼らは低く平板な調子で歌った。わたしは横向きに寝たまま動かなかった。中くらいの男の子が信者席の上をはってきてわたしの靴を引っ張り、気付いた母親が、手をのばして子どもの頭を平手でたたいた。母親は子どもの頭をたたくものだ。母親は水色のワンピースを着て、子どもの頭をたたくものだ。

みんなにならってそろそろと立ちあがると、開いた本を手渡された。聖歌集だった。だれかの指が、ある行をさしてなぞっていく。わたしは歌わなかった。なにかに確信が持てることはめったにないが、歌わないことだけは確かだった。

彼らがまたすわったので、わたしもそれにならった。体の大きい二人は――母親と、父親だ(父親? そう、父親だ)――こちらを見ず、よそ者などここにはいないと思っているかのように振る舞った。わたしがこれまでもこの教会の信者席ですわったり立ったりしてきたし、これからもそうするのだと思っているかのように。わたしは教会の一部になったような気分だった――聖歌集や聖書や献金用の封筒やちびた鉛筆と同じものに。教会の一番前には、ゆったりして重たそうな服を着た人が立っていて、疑う余地のない真実について話しているような口ぶりで、この世がいかに単純なのか、どんなことであれわたしたちは悩む必要などなく、すべてのものはここにあり、すべての答えは自明で、わたしたちはただそれを認めさえすればよく、眠っているときに呼吸をしているような気楽さですべてを受け入れればいいのだ、ということを話していた。

金色の皿が手から手へ回されていった。人々はそこに硬貨や紙幣や封筒を入れ、皿はまた、手から手へ回されて祭壇へもどっていった。墓穴へと運ばれる棺桶のように。

そのあいだも、オルガンは絶えず音を鳴らしていた。オルガンのそばには人が一人立っていて、体を揺らしながら歌をうたっていた。別のだれかが赤ん坊を抱いて祭壇へ連れていくと、ローブを着た人が赤ん坊の頭に水をかけ、硬貨や紙幣の入った皿が回されたときとおなじように、部屋のなかを巡って赤ん坊を人々に見せてまわった。

赤ん坊は濡れたまま高々と抱きあげられ、悲しげに泣きはじめた。信者席にすわっている人々はほほえみ、オルガンは赤ん坊の泣き声をかき消した。オルガンは人の意志よりずっと大きな声で叫ぶことができる。

ふと、父親がこちらを見下ろしながらわたしの肩に手を置いた。部屋いっぱいの人々が立ちあがり、歌い、またすわり、ローブを着た人の話を聞き、また立ちあがって大きな声で聖書を読み、すわった。人々の体が信者席にすわるたびに木がきしみ、そのあとには突風のような静寂が訪れた。

少しして人々は席を立ち、教会のたくさんのドアへ向かう通路にあふれた。だれかがあの濡れた赤ん坊を抱きかかえ、どこかへ連れていこうとしていた。だれであれ連れ去る権利がある者に所有される、弱々しい一人の人間を。

六人は――父親と母親と三人の男の子とわたしは――白い布のかかったテーブルを囲んですわった。グレイビーソースのかかった肉の大皿や、パンや、やわらかく煮た野菜が回され、それぞれの胃袋のなかへ静かに消えていった。白い服の人たちがテーブルに皿をはこんできて、テーブルの上から皿をはこんでいった。部屋のむこうにいた白い服の一人が、こちらを見ながらべつの白い服に耳打ちし、いなくなった。テーブルについた人々は、料理をはこんでくる人々のほうをちらりとも見なかった。見るときは目を向けずに見るのだった。

わたしは、なるべくすばやくなるべくたくさん食べた。一番下の男の子は、わたしをじっと見たまま口を動かしていた。男の子はふいに口を開け、咀嚼した食べ物を見せながら舌を出した。

わたしとヒルダから、きみに話がある。父親が言った。

ええ、そうなの。ヒルダはテーブルの上で両手を重ねた。ヒルダが夫と目を合わせる。一瞬置いて、夫は無言でうなずいた。**スティーヴンと話して決めたのだけど、あなた、うちに泊まっていらっしゃい。好きなだけ。**

そう、好きなだけいてもらっていい。スティーヴンが言った。**ジャックを弟たちの部屋に移すから、きみが屋根裏を使えばいい。**

必要なだけいてもらっていいのよ。ヒルダが言った。ヒルダの意識は内へ向かったと思うとまた外へ向かった。綱渡りの曲芸師のように。ヒルダと目を合わせるのはむずかしかった。テーブルにいる全員がわたしを見ていた。例外は一番下の男の子だけだった。末の男の子は、顔中に食べこぼしをつけたまま、うっとりと天井を見上げていた。わたしは、両手からからっぽの皿へ、そして膝に置いたしみだらけのナプキンへ視線を移した。

どうだい？　スティーヴンが言った。高く、こわばった声だった。天井のように。

わたしは椅子の背にもたれ、うなずいた。わたしにできるのはそれだけだった。

スティーヴンとヒルダは二人で話し、それから男の子たちに向かって話をした。スティーヴンは長々と話し、途中で言葉を切っては男の子たちにたずねた。**わかったか？**　男の子たちは沈黙で返事をした。それで十分なようだった。やがてスティーヴンが椅子から立ちあがると、残りの人たちもそれに続いた。スティーヴンはレジのわきに並んだ男たちの列に加わり、ヒルダはピンク色のドアのむこうへ姿を消した。

おまえたち。スティーヴンが言った。**外へ行って、車のそばで待っていなさい。新しいお友だちを一緒に連れていけ。ジャック、まかせたぞ。親切にな。**

ジャックは一番下の男の子を椅子からおろし、片腕でかかえた。真ん中の男の子はジャックについていった。わたしは一番うしろからついていった。駐車場に出ると、ジャックは一番下の男の子を地面に落とし、家族用の車によりかかった。幅の広い大型車で、タイヤも大きい。一番下の男の子は地面に倒れたままうめいたが、ジャックの足元でおとなしくしていた。ジャックは顔をしかめて遠くをにらみ、にぎったこぶしをポケットに突っこんだ。

これ、だれ？　真ん中の男の子がわたしを指さして言った。

レストランで皿を片付けてるような野郎だよ。ジャックが言った。小雨がふっていて、車のフロントガラスにつぶれて貼りついた虫がぬれて光っていた。人にはふさわしい場所ってもんがあるんだ。父さんが言ってた。

野郎じゃないよ。真ん中の男の子が言った。こんな男の人、見たことないもん。

だまれ。ジャックが言った。

そっちこそだまれ——それに、こいつ、黒人でもない。何人《なにじん》かわかんないけど、でも——

ジャックが弟を思いきり砂利の上につきとばした。

あやまれ——あやまれってば。真ん中の男の子は砂利の上に転がったまま言った。イエス様に告白しとけよ。じゃなきゃぼくが言いつけてやるからな。

言いつけたって意味ないんだよ。ジャックが言った。

真ん中の男の子は砂利の上にすわりこみ、声を殺して泣きながら、すりむいた両腕をしばらくなめていた。猫のように丁寧に。そうするあいだもわたしを見ていた。食い入るような、それでいて静かな目つきで、自分がたたきこまれた教訓をわたしに伝えようとしているかのようだった。

スティーヴンとヒルダが駐車場へ出てきた。ヒルダはせまい歩幅でせかせかと歩き、くちびるは赤くぬられ、ほおはよりピンクに、目はより大きくなっていた。スティーヴンの顔にはなにもぬられていなかった。男の子たちの顔にも、汗で広がった泥のほかにはなにもついていなかった。スティーヴンがわたしのために助手席のドアを開けた。男の子たちは後部座席で窮屈そうにすわった。ステ車が発進する直前、ヒルダはトランクのなかにもぐりこみ、内側からドアを閉めた。

今日から、ここがあなたの部屋。ヒルダが屋根裏部屋で言った。傾斜した天井に頭がぶつかりそうだった。ジャックに片付けをさせて、あなたの荷物が置けるようにしておいたから。

ヒルダはたんすの引き出しをひとつ開けた。わたしはポケットを探り、なかに入っているものを出した。爪切りがひとつ、よごれた歯ブラシが一本、ボールペンが一本、硬貨が三枚、紙ナプキンにくるんだオートミールクッキーが一枚。荷物のすべてを、手から引き出しのなかへばらばらと落とす。

引き出しには古新聞が敷かれていた。広告ページだ。黄ばんでもろい。広告のひとつにはこう書いてあった――

息子へ――
おまえを探しているのは、
おまえを見つけたいからです。帰ってきなさい。
――母より

――わたしは首をかしげた。この息子が、これまでもこれからも、自分から見つかろうとすることなどあり得るだろうか。この息子がこの新聞を手にとり、自分こそはこの母親が見つけようとしている息子だと気づくことなどあり得るだろうか。この母親は、本当に見つけたいという一心だけで息子を探しているのだろうか。たったひとつの理由のために、人はだれかを探そうとするのだろうか。この母親には、息子を見つけること以上の望みがあるような気がしたし、人には、帰ってきたくない理由がいくつも——数えきれないほど——あるような気がした。だが、わたしにはそう感じられたというだけで、わたしはありふれた一人の人間だ。してきたこととしてこなかったことのために行きづまった一人の人間だ。

死亡記事を最終面ではなく一面に載せた新聞は、これまであったのだろうか。

今夜、牧師さんが夕食にいらっしゃるの。ヒルダが言った。**もちろん、あなたを心配しているからよ。問題がないか確認したいんですって。教会のみんなも心配してる。でも、わたしたちにはわかってるの。あなたがこの町に来たのは神様の思し召し。神様がすべて良きように取りはからってくれる。いまの時代にこんなこと言うなんて、ばかみたいに聞こえるかもね。それでも、わたしたちはまだそう信じてるの。どうしたって信じてしまうのよ。**

ヒルダはわたしの肩越しに窓の外を見て、わたしを見て、また目をそらした。ヒルダにはそこはかとない焦燥感があった。傷んだ優しさのようなものが。なにかに日常を壊されるのではないかと常に恐れているのに、傷ついたままでいることでしか自分を守れないように見えた。ヒルダは片足から片足へ体重を移し変えながら、床に目を落とした。そして、わたしに言った。**自分のことは信用してもらってかまわない、なにが起こったのか、どこからきたのか、男なのか女なのか教えてほしい。なぜあの教会へ来たのか、なぜあそこで眠っていたのか、ありのままに話してほしい。なに**

もかも。もし、ほかの人にはひと言も口をききたくないのだとしても、家族がどこに住んでいるのか、家族がいないならいったいなにがあったのか、自分には安心して話してほしい、と。ヒルダはさらに続けた。**万が一、あなたのご家族が不法にこの国へ来たのだとしても、なにか過ちを犯したのだとしても、あなたを傷つけるようなことをしたのだとしても。あなたを傷つけたのは、ご家族ではなくてほかのだれかかもしれないけれど。**こうしたことを、ヒルダは時間をかけて話した。ゆっくりと話し、わたしの返事を待って何度も言葉を切った。最後にヒルダはこう言った。**そうは思えないかもしれないけど、わたしのことは本当に信頼してくれていいのよ。**そう言っている最中でさえ、わたしの目に映ったヒルダは、崖から宙吊りになっているように見えた。わたしのことは心配しなくていい、なにかできることはないかとくりかえしながら。

だが、その目には——ありありと——強い不安が浮かんでいた。他人を屋根裏部屋に、わが子のすぐ上の部屋に泊めれば、ヒルダは不安で眠れなくなるだろう。なぜヒルダの表情を見てそう思ったのか、言葉では説明できない。たぶん、本心というものはおもてに浮かびあがる術をつねに見つけるのだ。だれかが聞いてくれることを願って、群衆のなかで抗議の声をあげる人のように。

わたしの言ってること、わかる？　せめて、言葉を理解してるってことだけは教えてくれない？あなた、英語はわかる？　ヒルダは少し言葉を切り、大きな声で、ゆっくりとくりかえした。**あなた、英語はわかる？**

わたしはうなずいた。ヒルダはそれを見るとうなずき、笑顔になった。**夕食は六時よ。**それから、急ぎ足で屋根裏部屋の階段を下りていった。

その日、わたしは日暮れまで屋根裏部屋で過ごし、下から聞こえてくる物音に耳をすました。廊下を歩く低い足音。ヒルダとスティーヴンのくぐもった話し声。ドアが閉まる音、ドアが叩きつけられる音、ドアが開けられ、また閉められる音。リビングルームでは、かごのなかのオウムが時々声をあげた。ハロー？　ハロー？　ハロー？　返事は聞こえなかった。沈黙。ハロー？

わたしは床にすわり、小窓から外をながめ、庭を見下ろした。空は少しずつ暗くなっていった。ジャックが芝刈り機をまっすぐに押しながら芝生の上を往復していた――庭を横切る。折り返す。また横切る。

太陽が沈みはじめると、わたしは屋根裏部屋の階段を下りていき、どこへいけばいいのかわからずに玄関の前で立ちつくした。スティーヴンとジャックは、リビングルームで音を消したテレビを観ていた。フットボールの試合だ。スティーヴンは選手たちのプレーをひとつひとつジャックに解説し、ジャックは神妙な顔でうなずいた。チャイムが鳴り、リビングにうすい色の影が落ちた。だが、スティーヴンもジャックも、影のなかにすわったまま動こうとさえしなかった。

エプロンをつけたヒルダが、片手に木のスプーンを持ったまま小走りにわたしのそばを通りすぎていった。下の男の子たちは、われ先にと押しあいながらヒルダのあとを追った。チャイムがふたたび鳴り、ついでノックの音がしたかと思うと、ヒルダが開ける直前で玄関のドアが開いた。

いらっしゃい、牧師さん。

男の子たちは牧師に飛びついた。ひとりが左脚にしがみつき、もうひとりが牧師の体をよじのぼる。

こんばんは、ヒルダ。料理の最中だったかな。

ええ、もしかしたら、なにか焦がしてるかも。ちょっと失礼します。スティーヴン、牧師さんがいらっしゃったわよ！

ヒルダはキッチンに駆けもどり、スティーヴンはテレビを切った。ジャックは椅子から動こうとせず、父親に腕を小突かれてようやく立ち上がった。

これはこれは、われらが主賓じゃないか。牧師は両腕を広げながらわたしに話しかけた。笑みをふくんだ声だった。**気分はどうかな？　少しは休めたかい？　おいしい食事にありつけたかな？**

牧師の声は教会で聞いて覚えていたが、あの時はわたしたちのあいだにあった宗教的な空間が、この家では失われていた。ここで聞く牧師の声は平板で弱々しかった。ふつうの人の声だった。わたしは床に目を落とした。靴をはいた牧師の足を見て、靴に隠れたつま先を想像した。祭壇の上にあったそのつま先は、いま、わたしたちと同じようにリビングルームの床の上にあった。牧師の顔を見上げ、首に目をやった。牧師はまた両腕を広げた。わたしが自分を抱きしめることを期待しているようでもあり、その腕に飛びこみ、この体をさしだすことを期待しているようでもあった。わたしは動かなかった。牧師はわたしの肩をたたき、そのまましばらく肩に手を置いていた。牧師はわたしを見つめた。それほど長く、それほど凝視されるのは久しぶりのことだった。わたしは自分の目の奥に熱のようなものを感じた。理解できない合図を。

さて、きみのことはなんと呼べばいい？　牧師がたずねた。わたしは暗いテレビ画面に目をやり、そこに映った幽霊のような影を眺めた。**きみの名前は？**　牧師がまたたずねた。**というより、きみの好きな呼び名を教えてくれればいい。**

わたしはどんな名前でも呼ばれたくなかった。

リビングルームから出ていこうと思った。この家から出て、どこか別の場所へいこう。ところが、どういうわけか足が動かなかった。圧力のようなもの、脅迫のようなものが、この部屋にはあった。この家の隅々にあった。いきなり、オウムがしゃべった。**ハロー？**　わたしは背中で両手を握りしめた。

なるほど。牧師が言った。話し好きってわけじゃなさそうだ。

はったりだ。オウムがしゃべった。はったりだ。

スティーヴンと牧師は声をあげて笑ったが、男の子たちはだまっていた。ジャックが小声でなにかつぶやいた。聞きとがめたスティーヴンが息子の足を踏んだ。

娘が小さい頃、と牧師は話しながら、しがみついていた男の子たちの片方を床に下ろした。教会の近くの溝で野良の子猫が眠っているのを見つけてね。あの子はひと目で子猫を気に入って、いまもうちで飼ってるんだ。娘が子猫にどんな名前を付けたと思う？　溝《ガター》だよ。おもしろいだろう？　ガターだ！

ヒルダが笑いながらリビングルームにもどってきて、牧師の言葉をくりかえした――ガター！

ガターって、ほんとうにきれいな猫ですよね。元気ですか？

ああ、元気にやってるよ。牧師は言った。太って動きも鈍いが、あいかわらず愛すべきガターだ。

それはなによりです、とヒルダは言った。

そんなわけで、きみさえよければ、と牧師は言った。しばらく、きみのことは信者席《ピュウ》と呼ぶことにしようか？　質問をするときのように語尾を上げてはいたが、それは質問ではなかった。名前を教える勇気が出るまでのことだ。それでどうだい？

ダイニングルームへ移ると、ヒルダはキッチンとダイニングを小走りに往復しては、わたしたちの前に次々と料理を運んだ。わたしたちはなにもしなかった。動物の体の一部を揚げた物が数枚の皿に山盛りになっていた。茹でたジャガイモが入ったボウルも、ロールパンの入ったボウルも、焼いた肉の皿も、キャセロールも、運ぶには力がいりそうだった。ようやくヒルダはわたしのとなりの席につき、エプロンのしわをなでつけ、お祈りをしてくれるように牧師に頼んだ。全員が目をつぶって隣りあう人と手をつないだが、わたしは膝の上で両手を組んでいた。スティーヴンは、空いたほうの手をわたしの椅子の背に置き、ヒルダは手のひらを上にして、二人の取り皿のあいだに置いた。牧師は暗記した文章を唱え、自分自身に相槌を打つように、時おりうなずいた。

主よ、オルモス郡で苦しみのさなかにある人々を、どうかお助けください。主のお力があればいかなることでも可能だと、彼らに示してくださいますように。そして、新しい友人のピュウに主の祝福を。主よ、わたしたちがあなたの子であるように、ピュウもまた主の子どもです。アーメン。食卓を囲む人々は、牧師に続いて**アーメン**と復唱した。彼らの声は、一番下の子のそれでさえ、ぴたりと重なっていた。

アーメン、とべつの部屋にいるオウムが言った。だが、誰にもその声は聞こえていないようだった。**アーメン、アーメン、アーメン。**

さてと牧師が言った。**みんなで家庭料理を囲むっていうのは素敵だね。**

食事がすむと、牧師はわたしをおもてのポーチへ連れていった。わたしたちはブランコのようなベンチにすわった。牧師はベンチが揺れないように両足を床についた。牧師は話しはじめ、静かな、優しいと言ってもいい声で、わたしが何者でどこから来たのか、どうしても少し知っておく必要があるのだと言った。

おかしな質問かもしれないが、きみに安全な居場所を提供するために、これだけは教えてほしい。最初の質問できみが困らないといいんだが。だが、まずは、きみが男か女か教えてくれないかな。恥ずかしく思ったり、きまり悪く思ったりする必要はないよ。きみに非があるわけじゃないんだ──それだけはわかっていてほしい。われわれもきみを責める気は毛頭ない。少なくとも、普通の人のように性別がはっきりしないことに関しては、きみが悪いわけじゃない。わたしが言いたいのは、自分の見た目を恥ずかしく思う必要はないということだ──神は子どもたちを平等に愛されているのだから。ただ、われわれには、きみが女なのか男なのかいまいちはっきりしなくてね。もちろん、どちらかであることは間違いない。だから、われわれに性別を勝手に決めつけられるのが嫌なら、きみの口から教えてくれればいい。そのほうがずっと簡単だからね。

暑気のなかで虫が鳴いていた。うしろを振りかえり、窓から家のなかを見た。窓は開いていて、オウムのかごがのぞいていた。オウムは止り木の上で跳ね、うなずき、わたしの視界から消え、また現れた。わたしは牧師のほうを見なかった。彼に言うべきことはなにもなかった。

近頃は、男か女かは本人が決めればいいという考えの人々もいるね。だが、われわれは、つまりわれわれの教会も、そしてキリストも、性別は神が決めるものだと信じている。さて、きみはこう聞かれたらどう答える？　それはいわば、われわれが知りたいことでもあるんだが。神はきみを男として創りたもうたのか？　それとも、女として創りたもうたのか？

わたしはポーチの天井を見上げ、床に目を落とした。

もしかすると、この質問に関してはきみなりの考えがあるのかな。自分は男でも女でもない、とね。もしそうなら、われわれは構わない——われわれはとても寛容だからね。だから、きみの好きなように考えてもらっていい。そうとも、それでかまわない——だが、きみの性別は便宜上どちらだと考えておけばいいのか教えてくれないか？

牧師はしばらく口を閉じ、虫の鳴き声と静寂に耳をかたむけていた。一瞬、牧師は気づいたように見えた。どんな質問も意見も、ただわたしたちを堂々巡りの空虚な場所へ連れていくだけなのだ、と。

じゃあ、こうしよう——きみが男なら、そう、主がきみを男として創られたのなら、手を一度叩いてくれ。主がきみを女として創られたのなら、二度手を叩いてくれ。

一匹の蚊がわたしの手首から血を吸っていた。蚊は見るまに膨らみ、そして飛び去った。わたしのものだった血は、今やあの虫の血になっていた。わたしの血ではない。わたしの血になることは永遠にない。

準備ができたらでいい。手を叩く準備ができたら、いつでもいいからやってくれ。男なら一回、女なら二回。

わたしは、あの古新聞に出ていた人探しの広告のことを考えた——あの母親は自分の息子を探しもとめていた。ただ見つけるために。どんな理由であれ、わたしを探しもとめている者はいない。見つけるためだけにわたしを探す者はいない。わたしにも母親がいたはずだが、同時にわたしは自分に母親がいないことを知っていた。わたしは誰の息子でもなければ、誰の娘でもない。それは計り知れない自由であり、計り知れない重荷でもあった——帰ることのできる家も、帰るべき家もないことは。この時わたしが牧師に伝えることができたのは——もし話すつもりになっていれば——、わたしは彼と同じ人間だということだった。わたしは、彼が必要だと考えているらしいいくつかのものを失っているに過ぎなかった。過去、過去の記憶、血縁。そのいずれもわたしは持っていない。こうした人間はわたしだけではないはずだし、ほかにもわたしのような者はいるはずで、わたしはわたしたちの一部に過ぎない。わたしはただ、彼らがどこにいるのか知らないだけだった。わたしたちは、わたしは、ひとりではない。おそらく、わたしたちは、そうとは知らないままお互いを探しつづけている。

なにが自分をここへ導いたのか、わたしはひとつでも思いだそうとした。わたしはなぜこのポーチに、この牧師と一緒にいるのか。これまでのことをもう一度たどり、出来事を、その詳細を、ひとつひとつ数えようとした。目を覚ました教会、あの信者席《ピュウ》、わたしをここへ連れてきた人々、食事、そしてこのポーチ。では、それ以前のことは？　すべてを思いだすにはとうてい時間が足りなかった。ある瞬間は一度しか起こらない。だが、それぞれの瞬間を理解するには、一瞬よりはるかに長い時間がかかることがある。

いますぐには答えられない質問だったかな。それなら、ほかにも知りたいことがいくつかある。たとえば、きみの年はいくつなのか。どこから来たのかも知っておく必要がある。いつ生まれたのか。どこで生まれたのか。ご両親はどうしたのか。ご家族はどうしたのか。ご家族のみなさんはもう……いや、みなさんはこの国のどこか別の場所にいるのか。それとも、別の国に？　こういうことを知っておかないと、われわれとしてもきみに適切な支援ができないんだよ。

牧師は深くすわりなおし、両足を使ってベンチを揺らしはじめた。止まりかけた心臓のようなリズムで。

わたしはきみの友人になりたいと思っている。良い友人になりたいと願っている。きみが少し助けてくれれば、きみの親友になれるんだ――わかるかね。きみがもう十八歳で、法的に成年に達しているのであれば、きみのためにしてやれることがいくつかある。もしまだ成年に達していないのであれば、その場合にもしてやれることがある。だが、まずは、いま尋ねたようなことを知っておかなくては。わかるかい？　ルールというのはそんな風にして機能するんだ。わたしがルールを作ったわけではないが、ルールには従っておくにこしたことはない。そうだろう？　そうすれば何事も正しく進むんだ。われわれはどんな人のことも公平に扱う――それがわれわれの信条なんだ。ここではどんな人にも同じ敬意が払われるんだよ。

わたしは、闇に、まだ熱を帯びた夜に目をこらし、同じ音調で歌い続ける千もの虫の声に耳をかたむけ、闇と湿った空気のなかで静止した草の息吹に耳をかたむけた。昆虫には多くの種類があることをわたしは知っている。たくさんの昆虫を見てきたのだから。だが、敬意にはいくつの種類があるのだろう？

月曜日

目を覚ますと、靴も服も着たまま屋根裏部屋のベッドにいた。体は横向きで、片方の足が床についていた。行き場を失った風景が頭をよぎっては消えた。ある場所のおぼろげな記憶。せまい廊下。それから、なにか別のものも見えたような気がした。だれかに言われた言葉や台詞を思いだしそうになった。だが、それが起きているあいだに見聞きしたことなのか、眠っているあいだのことだったのか、いまではわからなかった。ひとつの感情を思いだしかけたような気がした。むかし感じたことを。体が小さいというのはどういう感じだったのか、たやすく抱きあげられて連れていかれるというのはどんな感じだったのか。いつだったかは忘れたが、ある時わたしは食堂のテーブルにいて、別の席ではひとりの子どもが叫んだり泣きじゃくったりしていた。カウンターのうしろにいた人が子どもをにらみ、子どもと一緒にいた人に、おとなしくさせろと言った。取るに足りない苦しみを見せられたことに腹を立てていた。カウンターのうしろにいた人は、体が小さいというのはどういう感じだったのか、たやすく抱きあげられて連れていかれるというのはどんな感じだったのか、忘れてしまっているにちがいなかった。人の体はこれほどの恐怖を耐えなければならない。人が存在するということ自体がひとつの奇跡だ。

ヒルダによれば、スティーヴンは、自分たちが学校や職場にいるあいだ、わたしを一人で家に残しておくわけにはいかないと考えているようだった。彼女も夫に賛成だった。そこでヒルダはわたしを車にのせ、同じ通りにある小さな白い家へ連れていった。家のまわりには低木がまばらに生え、花をびっしりとつけていた。花弁は強い陽射しに焼かれて茶色くなっていた。

午前中はグラッドストーン夫人があなたの面倒を見てくれるの。そのあと、別の人――ロジャーがあなたを迎えにくるから。だれにでも親切な人よ。だから、いい子にしていてちょうだい。なにかいいものを持ってきてくれるかも。ゲームを持ってきてくれたら、二人で遊べるわね。ゲームは好き?

ヒルダはあいまいな表情で口をつぐんだ。答えのようなものが返ってくるのを期待していた。

好きなんじゃない? だれだってゲームは好きだもの。いまはそうじゃないの? さて――このおうちでもいい子にしててね――あなたなら大丈夫でしょうけど。グラッドストーン夫人はとてもお年でつかれやすいの。たくさん苦労してきたから、静かに過ごしたいと思ってるのよ……でも、二人ならきっとうまくやれるはず。ヒルダは、広々としたポーチで口早にそう言うと、小さな家の玄関のドアを開け、大声で呼びかけた。**ポリーナ、ピュウを連れてきたから――いい? お願いね!**

ヒルダはわたしをなかへ入れてドアを閉めた。足早に遠ざかっていく音が聞こえた。ポリーナと呼ばれた老いた女性は車椅子にすわり、その前には電源の入っていないテレビがあった。部屋は寒く、カチカチという時計の秒針が、冷たい空気に見えない穴をうがっていた。わたしは硬いビニールカバーのかかったソファに腰をおろし、このソファは人がすわるためのものなのだろうかと考えた。もしかすると、このソファはただ置いておくためのもので、触れてはいけないのかもしれなかった。

だまされるのは愚か者。グラッドストーン夫人は、なにも映っていないテレビに向かって言った。**愚か者だけです。**

しばらく沈黙が流れた。グラッドストーン夫人はわたしに話しかけたのだろうか。ひとり言かもしれないし、わたしには——なんらかの理由で——見えないだれかに話しかけたのかもしれない。すこしのあいだ、夫人はなにかを言いかけているような表情を浮かべていた。くしゃみが出そうなだけなのかもしれなかった。

わたしは遅くに結婚したんですよ。やがて、グラッドストーン夫人は話しはじめた。**もう三十三歳になっていました。信じられないでしょう。最近なら晩婚というほどの年齢でもないんでしょうけど、あの頃は、そう、とてつもない晩婚でした。だれもわたしが結婚相手を見つけられるなんて思っていませんでしたし、いき遅れともなると選り好みなんてしなくなるんです——若い頃は好みがあったとしても、年を取るとうるさいことは言わなくなる。まあ、わからないけど。いまのわたしには適齢期の知り合いなんていませんからね。でも、いまでもきっとそうでしょう。ちゃんとした女性はさっさといい相手を見つけるもの。年を取れば取るほどむずかしくなるんですから。**

でも、見方によっては、わたしは運がよかったんでしょう。チャールズがいたんですから。あの人は男やもめで、わたしよりずいぶん年上でした。年を取れば選り好みなんてしなくなるというのは、あの人がいい例ですよ。チャールズの最初の奥さんは、そりゃきれいな人でした。だれに聞いてもそう言うでしょうね。でも、その人は死んでしまって。もちろん、きれいだったから死んだわけじゃありません——わたしは癌だったんじゃないかと思っていますけどね。でも、そんなことはだれも口にしません。奥さんを亡くしたとき、チャールズは五十になろうとしていて、二人の子どもを抱えていました。育児のことなんてなにひとつわからない人でね。だから、仕方なく別の女をめとることにしたんです。双方の母親がわたしたちを引きあわせると、あの人はどちらにとっても結婚するのが一番だと考えました。子連れだってことは気になりましたけど、それより、そんな年増で独り身でいることのほうがずっと気にかかっていました。だから、結婚したんです。簡単な解決法ですよ——結婚っていうのはね。だれも認めようとしないけど、そういうものなんです。あなたもそのうちわかるでしょう——年を取れば。

沈黙が流れた。

年を取ればわかりますよ。グラッドストーン夫人はくりかえした。わたしみたいに年を取れば！

グラッドストーン夫人はしばらく笑いつづけた。わたしには長い時間のように感じられた。それはそうと——チャールズの話をしていたんでした。しょっちゅう話が脱線するんですから。これも年を取ってもうろくしたせいですよ。なにもかも忘れてしまう。なにもかも。

夫は町のみんなに愛されていました——全員に。本当に、全員に。しあわせな結婚生活でしたよ。

あの人もあたしを殴らずにすみましたしね。ただの一度も殴られなかったんですよ。あのころは、顔を赤らめずにそんな嘘をつける女性は多くなかったんです。何年も仲良く暮らしました。子どもはできませんでした。作ろうとはしたんですよ。ただ、わたしは年がいきすぎていたし、チャーリーには最初の奥さんとのあいだにできた子どもが二人いましたから。わたしもあの子たちだけで手いっぱいでした。気むずかしい子たちで、本当にあの二人には悩まされてね。あの人も厄介事はもう勘弁って気持ちだったんでしょう。また、あの二人みたいな子が生まれないとも限りませんから。わたしたちは二人でよく旅行しました。東海岸にも行きましたし、時々はヴァージニアにも行きましたし、一度はカリフォルニアにも行きました。カナダにも一度。あの人は運転が好きだったし、わたしもドライブはきらいじゃありませんでした。

だけど、そうこうするうちに、あの診断がくだされてね。あれは……そうね……もう二十年も前になるんじゃないかしら。そんなに昔のことだなんて信じられませんけど。打つ手はほとんどありませんでした。いまは治療法もいろいろあるみたいですけど――あのころは、それもあまり多くなくて。どの医者にも残された時間は長くないと言われて、わたしたちはやむなく準備を整えはじめました。手配することがいろいろとありましたからね。夫は弁護士に遺言書のことを相談しました。すぐにチャールズが危ないらしいといううわさが立って、花もどっさり届いたし、お客もひっきりなしにやってくるようになりました――白人も来たし黒人も来たし、先住民《インディアン》も一人来たし、メキシコ人らしい一家も来た。何年かまえに、町の近くの田舎道であの人に助けてもらったことがあるとかで。大勢がわたしたちを訪ねてきて、ご主人にとか奥様にとか言って、パイやらなにやらを持ってきたんです。それから、たくさんの花。本当に、びっくりするくらいたくさんの花が届きました。ある晩、夜遅くまで起きていて、玄関わきのリビングを埋めつくす花をぼんやりながめていたら、看護師が入ってきてこう言ったの。そう、こう言ったんですよ。間もなくだと思います。ご主人が主に召される時がきました。

グラッドストーン夫人は、ふと黙った。口を大きく開けたまま、ひとつひとつの言葉の名残を惜しむかのように、呆然と宙をながめていた。

あの看護師の顔はいまでも覚えています。あの女性は死をまるでおそれていなかった。それも仕事の内ですからね。でも、わたしはもちろんこわかった。ものすごくおびえていた。あの人と一緒に暮らした時間が——結婚したいと長いあいだ願いつづけてようやく手に入れた短い十年間が、終わろうとしていた。神のご意志だということはちゃんとわかっていました。でも、わかっていても、現実を受け入れるのが楽になるわけじゃありませんからね。ふつうは気が楽になるんでしょう。でも、わたしはそうじゃなかった。わたしにだってわかってましたよ。気をたしかに持って、夫が神さまのもとへ帰っていくことを受け入れなくちゃいけないんだって。でも、わたしはよこしまな女だから——一人になりたくなかった。わたしはいつも自分が一番で、わがままで、よこしまだから。わたしの身にふりかかってくる悪いことは、全部自分でまいた種なんですよ。あのときも、わたしは自分のことしか考えていなかったから、あの人を連れていってしまう神さまを憎んだ——あの人とまだ一緒にいたかった。それくらいあの人を愛していたんです。本当に。本当にいい人でしたからね。

グラッドストーン夫人は、また黙った。その顔を見て、森のなかでどこかから逃げてきた馬を見かけたときのことを思いだした。夫人は安らぎと恐怖が複雑に絡み合ったような表情をしていた。

わたしは夫のそばにすわりました。あの人の呼吸は、とてもゆっくりで深かった。いよいよ最期のときがくると、看護師はわたしたちを二人にしました。看護師が部屋を出ていくと、夫はわたしを見てこう言った。「なあ、おまえ」。とてもゆっくりした話し方だったから、あのとき言われたことは一言一句覚えています。あの人は言いました。「なあ、おまえ。これがおれだ。死の床にいる。だから、子どもの頃のことをおまえに話しておかないといけない。ずっとむかし、黒人の少年を小川に沈めてみせろと仲間にけしかけられたことがあった。郡境の近くだ。おれは挑まれたとおりのことをやった。あれは事故だったと言われていたが、本当はそうじゃない。そうじゃなかった。あれ以来、あのときのことを考えない日はないよ」。あの人は本当にゆっくりと話しました。「おれは主に赦しを乞うた。おれはあまり頭のいい子どもじゃなかった。どこかおかしいんじゃないかと思われてたくらいだ。自分の頭で物事を考えられるようになるまで何年もかかった。だから、みんなにけしかけられたときも、ただ言われたとおりにやった。たくさんのことをやった。おれたちはろくに考えもせずにいろんなことをしてしまう。わかるだろう?」。それから、あの人はこう続けました。「主よ、悔い改めます」。わたしは、てっきりそれが最期の言葉なんだろうと思いました。「主よ」。

今度こそあの人は死ぬんだと思いましたよ。告白されたことはとてもこわかったけど、あの人が死ぬのを見るのもこわかった。だから、声をあげて泣いて、祈った。だけど、チャールズは死ななかった。一晩中死ななくて、とうとう朝まで持ちこたえました。朝になっても、あの人はまだ生きてた。かろうじて息があった。次の晩も看護師がきて、今夜は本当に危ないと思いますと言いました。間違いありません。そう言ったんですよ。そして、前の晩とおなじことをしました。わたしをあの人の部屋にのこして、二人きりにしたんです。チャールズは何時間も黙っていたけれど、わたしのほうをむいてこう言いました。「ポリーナ、おれがゆうべ言ったことは……」。てっきり、あの人はこう言うんだろうと思いました。なぜか嘘をついてしまったんだ、とか、死に際に見る夢みたいなものだったんだ、とか、幻覚みたいなものだったんだ、とか。そうでもなければ、だれが死の床であんな話をするんです？　チャールズは乱暴な人じゃありませんでした。暴力とは縁のない人だった。だから、あんな話が本当なわけがないって、わたしは確信していたんです。だけど、チャールズはこう言いました――

グラッドストーン夫人は、また口をつぐんだ。泣いてはいなかった。なぜ泣いていると思ったのかはわからない。

そう、あの人はこう言った。「ゆうべ話さなかったことがある。仲間と一緒に、あの四人の男たちを木に吊るした。おまえも覚えてるだろう？　四人のうちのだれかが、だれかの姉だか彼女だかをレイプしたと言われてた――詳しいことは忘れたが。犯人がだれかはわかっていなかった。だから四人全員を吊るすことにした。まあ、どうせなにかしらの罪は犯していたはずだ。どんな罪かは知らんが。おれたちは怒っていた。おまえにもわかるだろう。簡単じゃなかったが、おれたちはやりとげた。二十人だか三十人だか大勢で。やらなくちゃいけなかった。保安官もおれたちの仲間だった」。その事件のことならわたしも覚えていました。四人は町のむこう側の人たちでした。黒人だった。あのころは、こちら側とむこう側でよく対立があってね。つらい時期でした。町を出ていく者もあとをたちませんでした。

その二日目の夜、あの人は、罪を悔いているとか、自分が間違っていたとか、そんなことはひと言も口にしませんでした……その晩もあの人は死ななかった。次の晩まで生きのびて、自分のしたことや、ほかの人たちが秘密にしていたことを告白した。はじめの告白よりひどい話もあったし、あれにくらべればましな告白もあった。どの話が本当でどの話が嘘なのか、わたしにはわかりませんでした。ひょっとすると——ええ、あり得ないことじゃない——あれは、死にかけた人に起こる脳の異常かなにかだったのかもしれません。あの人はしょっちゅう映画を観ていたし、とくに暴力的な映画が好きだったから——なぜかはわからないけれど。

だけど、どうしても考えずにはいられないの。あの人が言ったことは本当だったんじゃないかって。むかしはまるで別人で、わたしが出会ったのは生まれ変わったチャールズだったんじゃないかって。わたしの知ってる夫は、物静かで親切だった。だれにでも親切だった。だれにでも。だれが相手でも意地悪なことを言ったりしなかった。わたしに手をあげたこともなかったんですよ。でも、もし、あの話が本当なら——わたしの知っている夫のなかには、ずっと別の男が隠れていたってことなんでしょうね。わたしには見えていなかっただけで。あのときからこんな考えが頭をはなれないの。人の本当の姿は決してわからない。相手がむかしはどんな人間だったのか、出会う前はどんな人間だったのか……いいえ、出会ったあとだって、その人の本当の姿がわからないこともある。

わたしはただ――

　ふと、グラッドストーン夫人がまっすぐにわたしを見た。そのときはじめて、夫人の片方の目がガラスでできていることに気づいた。静かで虚ろで、きらきらと光る目だった。首には小さな金の十字架がかかっていた。

　あなた……ヒルダに電話で聞いていた感じとは、なんだか印象がちがいますね。グラッドストーン夫人は探るようにわたしを見た。片方の目はわたしを見据え、もう片方の目は虚ろで穏やかだ。いいんですよ。わたしはかまいませんから。わたしはね。ちっともかまいませんよ。口をきかずにいるのがどんな感じなのか、わたしも少しは知っていますからね。わたしはあまりものを知らないけど、そのことなら少しは知ってるの。

　わたしたちはしばらく黙っていた。時計の振り子の音だけが聞こえていた。

　チャールズがとうとう息を引き取ったのは、危篤状態が一週間続いたあとでした。その頃には、家中にあった花もあまりいい匂いがしなくなっていてね。掃除婦が、枯れた花は捨ててしまっていいかとわたしに聞きました。でも、そのままでいいと言ったんです。少しして、わたしは自分で花を裏庭に運びました。花は小山になって、少しずつ腐っていきました。

ノックの音がした。グラッドストーン夫人はわたしを見て、また暗いテレビ画面に目をもどした。わたしは玄関へ行き、ドアを開けた。人が立っていた。

ロジャーだ。その人は言って片方の手をさしだした。きみが……、きみが、話に聞いていた人だね。グラッドストーン夫人はつかれやすいんだ。二人に――スティーヴンとヒルダに――このくらいの時間になったら迎えにいってくれと言われてたんでね。まだ暑くないから、散歩がてら歩いて行こう。

ロジャーは、白い半袖のワイシャツを着て、黒い、細いネクタイを締めていた。犬を一匹連れていた。白っぽい毛並みのがっしりした犬だ。犬はリードをぴんと張って前のめりに進んだ。わたしたちはオークの大木が影を落とす通りを歩いていった。通りには大きな家が並び、どの家も広い芝生の前庭があった。スプリンクラーが芝生に水をまいていた。

お客が来るなんてぼくたちには馴染みのないことでね。ここへ来る人は多くない。だいたい、この町を通る理由がないんだな。ハイウェイも通ってないんだから。

わたしは歩道の上で動く自分たちの足を見ていた――二人の歩く速度は完全に同じだった。自分の足が鏡に映っているかのようだった。

たしか、きみくらいの年の頃に、ぼくはクエーカー教の礼拝に通いはじめた。当時は北部に住んでいてね。大きい街で、騒音にも多すぎる人にも辟易していて、静かなところに行きたかった。静かな人たちと過ごしたかった。知ってるかな。クエーカー教っていうのは、礼拝に牧師もほかの聖職者もいないんだ。ひとつの部屋にただみんなで集まって、ひと言も口をきかず、本当に心が動いたときだけ口を開く。それがクエーカー教徒の信条だからね。だけど、ぼくが出会った信徒たちはしょっちゅう心が動いてたみたいで、常にだれかしらが立ちあがって話をした。静かな時間が一分も続かないこともあった。

ロジャーの犬が、柵のずっとむこうの玄関にいる犬に吠えはじめた。むこうの犬は薄茶の毛並みでやせていて、病気なのか眠っているのか、玄関の階段の一番上に寝そべり、段のへりから前足とうしろ足を力なく垂らしていた。庭は枯れ草と岩ばかりで、三輪車が横倒しになって転がっていた。

ロスコー！ ロジャーは言った。**おかしいな。いつもは吠えたりしないんだが。**

ロスコーはいつまでも吠え、うなったが、薄茶の犬は顔をあげようとさえしなかった。しばらくすると、ロスコーはあきらめ、また歩きはじめた。

いつもは吠えたりしないんだ。ロジャーは首を振ってくりかえした。

それで――クエーカー教の礼拝の話だったな。ある日の礼拝のときに、若い女性が立ちあがって話しはじめた。ぼくのほうを向いていたから、目に涙が浮かんでいるのがわかった。どことなく弱々しくて、いまにも気を失いそうな感じがあった。その女性が口を開いたとたん、部屋の信者たちが耳をかたむけはじめた。ちょっと珍しいことでね――話をする顔ぶれはいつも同じだったから、だれもまともに聞かなくなっていたんだ。だが、その女性は――顔を見るのもはじめてのような気がしたし、もちろん話を聞いたことは一度もなかった。ぎこちない感じで、話しはじめるまで少し時間がかかった。ひと目見ただけで心が動くなんて、その女性がはじめてだった――だが、まあ、ぼくもかなり若かったからね。たしかきみくらいの年だった。すごい美人だったわけでもない――というか、記憶が正しければ、美人とはいいがたい女性だった。だが、独特の気品があった――説明がむずかしいんだが。過去に深く傷ついた経験があって、ぼくみたいな若造には理解不能なやり方で生きのびている、そんな感じがあった。彼女はしばらくかかって話しはじめた。ゆっくりした話し方だった。練習してきたみたいに。まあ、ぼくに言わせれば、そんなのはクエーカー教の礼拝にそぐわないんだが。うまく話せるように家で練習してくるなんて。いや、予行練習をしてきたと本気で思ってるわけじゃない。ただ、その女性の言葉には、完結した感じ、決定的な感じがあった。要するに、彼女にはたしかに言うべきことがあったんだ。話自体は短いものだったよ。どんなふうに話を終え、もう一度椅子にすわったか、いまでも思い出せる。ぼくは彼女の言葉をそっくり覚えておきたかった。頭のなかで何度もくりかえした。とても意味のある、的を射た話だと思ったからね――一言一句しっかり捕まえておこうとしたし、何度も何度も胸のなかでつぶやいた。ところが、言葉はばらばらに散らばってしまって……声に出さずにくりかえすそばから忘れてしまった。

何分かすると、べつの男が立ちあがって、そいつが話しはじめたとたん、女性の言葉はひとつ残らず忘れてしまった――おおまかな内容さえ思いだせなかった。ぼくに言わせれば、そこがクエーカー教の難点だな。礼拝中にだれがどんな話をしようと、誤解され、忘れられる。

しばらく、わたしとロジャーは黙っていた。わたしたちは歩きつづけた。ロジャーの白シャツは、脇の下と背中の真ん中が汗にぬれて透けていた。犬ははあはあ息をしながらわたしたちの前を行き、時おり前触れもなくうなった。熱くなった敷石の上で犬の足が忙しなく動いていた。ふと、全員がまったく同じリズムで呼吸をしているような気分になり、そうかと思えば、なんの関係もない他人同士であるような気分になった。ロジャーが歩き、わたしが歩き、互いに相手の存在にさえ気づいていない。わたしがここにいなくても、ロジャーは犬に、あるいは芝生に、あるいは木々、空気に向かって、いまと同じ話をしたのではないだろうか。

ぼくが言いたいのは、黙っていたくなる人の気持ちもわかるってことだ。その気になれないなら、無理に話さなくていい。ぼくといるときは、気が進まないなら黙っていればいい。

わたしたちは歩きつづけた。わたしはまっすぐに延びる長い歩道の先を見た。あたりにはあの雰囲気が漂っていた。休暇の雰囲気だ。なぜかはわからなかったが、この曖昧な感覚には覚えがあった。ほかの人たちはどこか別の場所に集まっていて、休暇が終わるまで、あるいはなんであれ起こっていることが終わるまでそこから出てくることはない。走っている車は一台もなかった。歩いている人は一人もいなかった。スプリンクラーだけがたっぷりと水をまいていた。やがて消える水のアーチとわたしと犬ととなりにいる男だけが、暑さのなかで動いていた。どこへ向かっているのかはわからなかった。

だけど、いつかは自分自身に問いかけなくてはいけないよ。ロジャーが言った。**沈黙を守ることが自分の人生によい影響を与えるのか、悪い影響を与えるのか。自分から望んだ沈黙なのか、強いられた——自分自身に、それとも他のなにかに——沈黙なのか。**

わたしたちは更に歩いた。わたしは、歩道や木々や暑さに意識をむけるのをやめた。やがて、ロジャーが門の掛け金を外す音が聞こえた。灰色の石の小道を行くと灰色の石の家があった。玄関に鍵はかかっていなかった。家のなかの空気は洞窟のようだった。壁は薄い青色で、調度品も濃淡様々な青色だった――紺色のソファ、緑青色のカーペット、水色のカーテン。

きみみたいな症例は、前にも診たことがある。ロジャーが言った。いや、厳密にはちがうがよく似ていた。教会に、難民の子どもを養子に迎えた家族がいてね。どこかの戦地から逃げてきた孤児なんだ。英語は問題なく通じるという話だったが、ここに着いたときには、重い心的外傷のせいで口をきくことさえできなかった。実はきみもその一家と会うことになっている。ヒルダが、今夜彼らとの夕食会にきみを連れていくと話していた。まあ、ともかく、ネルソンは――その家族は、どういう訳かその子をネルソンと名付けたんだが――、ぼくの診療を二、三週間受けると元気になった。あの子は聞くだけでも恐ろしくなるような目にあったんだ。家族を殺され、住んでいた地域は爆撃にあった。だが、人間が乗りこえられないことなんて、実はひとつもない。ぼくに言わせれば、だからこそ主は人間の味方をしてくださる。きみには合わないというなら、信仰を押しつける気はないよ。主のために信仰心をひとつにしなくてはならないと考えるキリスト教徒もいるが、ぼくはそうじゃない。だけど、ぼくの知識や考えを使えば、きっときみを助けられる。

ロジャーは大きなファイルを持ってきて、テーブルの上で開いた。わたしたちはファイルを左右からはさむようにして椅子にすわっていた。ファイルにはビニールのポケットが何枚も綴じられていて、そこには素朴な感じの絵が入っていた。不安定な線で描かれた絵だった。ロジャーはファイルをめくり、細い線がいっぱいに描かれた絵のところで手を止めた。絵の一番下には、なにか紫色の小さな物体があった。物体の上には人間のように見える様々な形が描かれ、そこから噴きだすなにかが赤で殴り描きされていた。紫色の物体は念入りに描きこまれていたが、なんなのかはわからなかった——目のようにも口のようにも見える穴がひとつ。銃のようにも剣のようにも見える長い灰色の形がひとつ。

これは、ネルソンが幼いころからくりかえし見ていた夢の絵だ。ここへ越してきてからも同じ夢を見ていたが、何か月か診療を続けるうちに見なくなった。

ロジャーは微笑み、しばらくその絵を眺めてからファイルを閉じ、元の場所にしまった。

いいかい、こういうことは得てして起こるんだ。恐ろしいことを目撃したり、恐ろしいことが我が身に降りかかったりすると、たとえつらい記憶から意識的に目を背け、前に進み、社会のなかでまともに暮らそうと努力しても、心の一部は恐ろしい出来事にいつまでも囚われつづけ、そこから逃れるには、そのことを表現する術を見つけたり、頭から追いやる方法を見つけたりするしかない。ネルソンの場合、あの出来事を言葉で表現することはとうてい不可能だった。だが、絵を描くことで、過去のことを考えるのをやめ、現在のことを考えられるようになったんだ。あの子を引きとった家族は——新しい家族、法律上の家族のことだが——とても裕福で、必要なものはなんだって与えられる。心配しなきゃいけないことはなにもないから、ネルソンはなにひとつ心配していない。単純な真理だよ。ありもしない悩みを悩むことはできないんだから。いまのネルソンはのんきな子どもだ。ぼくは、すべてを乗りこえたあの子が誇らしい。会えばわかる——いまも言葉数は少ないが、穏やかそのものだ。会えばきっとわかる。

わたしたちはその家の玄関の階段に立っていた。巨大な家で、通りからはその全容が見えないほどだった——家の半分は、木立と幾何学模様に刈りこまれた生け垣に隠れていた。ヒルダが呼び鈴を鳴らした。この家に入るのだと考えれば考えるほど、こんな家に入ることが許されるのだろうかという思いは強くなった。この家に入るにはわたしの大きさは十分ではないような気がしたし、この家は単純にわたしの理解の範疇を超えているような気もした。これは果たして家と呼べるのだろうか。こんな建物の正面まで歩いてきて、ここが我が家だと確信できるような人が存在するのだろうか。学校よりも大きく、たいていの教会よりも大きいというのに。

玄関に出てきた女性は早口でまくしたてた——**いらっしゃい、よくきてくれたわね、あなたたちに会えるなんてほんとにうれしいわ、さあ入って、こんな風におそろいでいらしてくれるなんて、ほんとにうれしい！　ほら入って、外は暑いでしょう。**女性の両手はしきりに動き、わたしたちをなかへ招いたかと思うと、キスするために男の子たちの顔をはさみ、ヒルダとスティーヴンを抱きしめ、最後にわたしに触れた。

あなた、お人形さんみたい。ねえ、そうじゃない？　ほんとに可愛らしい方。ねえ、こんなに可愛いお人形さん、見たことないでしょ？　ねえ、そう思わない？

答える者はいなかった。一瞬、女性がわたしの体をつかんだ手に力をこめた——**わたしの名前はキム。でも、みんなにはキティって呼ばれてるの。だから、あなたもどうかキティって呼んでちょ**

うだいね――そう言うと、両手を振りながら、わたしたちを連れて広々とした廊下を歩きはじめた。みんなは客間でチーズとクラッカーをつまんでるところよ。あなたたち、お腹が空いてるといいんだけど。特別なお客様が来るのよって料理番の女の子に話したら、あの子、はりきって準備をしてくれて。午後に様子を見にいったら、期待以上のお料理を作ってくれてたの！　そうそう、お手洗いはこの廊下をまっすぐいった右手にあるわよ――もちろん、家のなかを全部案内してあげたいところだけど、そんなことをしたら一晩中かかっちゃうでしょうし。それに、子どもたちがベッドを整えてるとは思えないし。あの子たち、ベッドを整えたことなんてあるのかしら。わかってるのに、いつも小言を言っちゃうの！　言ったたって聞かないのに！

キティはふと足を止め、白い花を活けたガラスボウルを手にとった。ボウルは大理石の台の上に置かれていた。

うちのお花は、みんなホリー・ヘンリーにお願いしてるの。上手でしょう？　才能のかたまりなのよね。休暇とか、〈赦しの祭り〉とか、パーティーとか、そういうときには、うちへ来てもらうことにしてるのよ――このお花も、ここにぴったりじゃない？　こんな時期にマグノリアなんてどこで手に入れたのかしらね。空輸で取りよせたのかも。中国とか？　マグノリアを中国から飛行機で運ぶなんて、すごいわよねえ！　でも、いい香りでしょ？　お祭りの頃にはマグノリアが満開になってますように――そうなったらきれいじゃない？　ちょっと香りをかいでみてよ、ほら――

キティは廊下を歩いていくあいだしゃべり続けていたが、わたしにはなにを言っているのか理解できなかった。天井がやけに高いところにあるような気がした。上を向いたら天井などないことがわかってしまう気がして、わたしは上を向かないようにしていた。わたしたちは家のさらに奥へと歩きつづけた。

廊下のつきあたりには部屋がひとつあり、いたるところに置かれた革張りのソファと椅子は、ひとつ残らず壁にかかった巨大なテレビのほうを向いていた。祭壇のほうを。椅子やソファには数人がすわっていて、どの人もキティと似たような姿だった。明るい金髪、湿っているかのように輝く肌、しみもしわもない服。身につけているものは、軍人のように青と緑と白で揃えられていた。どの人もテレビを凝視していた。テレビのなかでは、きらきら光るドレスを着た人がマイクを片手にうたっていた。部屋には、うとましいほど濃く甘ったるいにおいが漂っていた。花のにおいではない。もっと別のにおい。どことなく赤ん坊の頭のにおいに似たにおいだった。

ほら、お客さんが到着したわよ。みんな、そんなものを観るのはやめたらどう？　よかったらレモネードとコーク〔アメリカ南部では炭酸飲料のことを「コーク」と呼ぶ。訳者注〕を召しあがって。わたしはこのところカフェインがだめになっちゃったんだけど、よかったらあそこから取ってちょうだいね。こっちの軽食もご自由にどうぞ。でも、夕食のことをお忘れなく。さっきも言ったけど、料理番のあの子ったら、不死身みたいに朝から働きづめなのよ。あら、こんな言い方冒瀆的ね。

だれも動かなかった。わたしたちも。この家の住人も。

ねえ、あなたたち、いい加減にそんなもの消しなさいよ。キティは、自分にそっくりな人々に向かって、にこやかに声を張りあげた。大柄な男は椅子に深くすわって葉巻のはしを噛みながらテレビを観ていたが、リモコンを画面に向け、歌手を灰色の画面の奥へ消した。

みんな、お互いのことを覚えてる？　ブッチのことはもちろん知ってるわね。葉巻をくわえた男が片手を上げ、敬礼のようにも見える仕草をした。スティーヴンがおなじ仕草を返した。こっちが娘のアニーとレイチェルとジルで、こっちが息子のロニーとブッチ・ジュニア。キティは子どもたちの名前をひと息に言った。お祈りを唱える時のように。あるいは面倒な雑事を片付けるように。娘たちも息子たちもぼんやりとあらぬ方を見ていた。ネルソンはどこ？

まだ二階。娘の一人が手のなかの画面に目を落としたまま言った。部屋に集まった人たちのなかでは一番年下だが、女性に一番よく似ていた。二人ともそろいのワンピースとセーターとネックレスを身に着け、干し草色の髪は彫刻のように乱れなかった。

ネルソン！　女性が階段の上へ向かって叫んだ。お客さんがいらっしゃったわよ。ネルソン、下りてらっしゃい！

そうそう、お人形さん。女性が言った。もう一度、あなたの名前を教えてもらえる？

ピュウっていうの。ヒルダが答えた。あだ名だけど。とりあえずね。

ピュウ！　教会の信者席《ピュウ》？

そう。ヒルダは言った。いまはそう呼んでるの。いまだけ――

すごい名前ねえ！　ヒルダ、白ワインはいかが？　さっきピノ・グリージョを開けたところなの。スティーヴンにはブッチがスコッチを用意するわ。それでいい？　ジョーやメアリー＝リーには、ここで飲んだことは内緒にしといてね。あの人たちが来るときはお酒を隠しちゃうのよ――おかしいでしょう！

あの連中はどうかしてるよ。ブッチがスティーヴンに言った。

ブッチ！　キティがブッチの方を振りかえった。顔が唐突にこわばり、表情が消えている。**なんの話だったかしら。**また、唐突に表情がやわらぎ、キティはくつろいで楽しげなふるまいにもどった。**そうそう！　そうだった。ピノ！**

　わたしは廊下へ引きかえし、トイレにむかった。トロフィーをいくつも収めたガラスケースのある部屋を通りすぎ、ワインのボトルが並んだ部屋を通りすぎ、使われた形跡のない寝室を通りすぎ、からっぽの部屋を通りすぎた。広々とした、からっぽの部屋だった。ようやく、トイレが見つかった。大型の車より広く、大理石と金めっきで統一され、隅々まで完璧に掃除されていた。わたしは時間をかけて手を洗った。廊下にもどってみると、白い制服の小柄な女性がわたしを待っていた。女性はわたしの腕を取り、声を殺して言った。**Habla español?**〔スペイン語はできる？〕

　わたしは女性を見返し、無言のまま立ちつくしていた。女性はうなずいた。わたしたちがなにかを分かち合い、どちらもその意味を完璧に理解しているとでも言うかのように。

Sea lo que sea, pase lo que pase, puedes contarme. Recuerda eso〔どんなことでもいいから、なにかあったらわたしに話して。覚えてて〕.

女性は廊下を歩いていき、少し先で立ちどまって振りかえった——**Recuerda eso**〔覚えてて〕. わたしは女性を見つめた。女性はわたしを見つめた。女性は角を曲がり、見えなくなった。

　大きな部屋にもどると、キティがさけんだ。**あら、もどってきた！**　わたしのひじをつかみ、一家のだれにも似ていないだれかのもとへ引っ張っていった。彼は野球帽をかぶり、ジーンズをはき、ゆったりした白いシャツを着ていた。帽子の影になっていたが、こめかみから首にかけて、太くくっきりとした傷跡が走っているのが見えた。

キティはなにか早口にしゃべりながら、わたしを見て野球帽の彼を指ししめし、彼を見てわたしを指ししめした。どちらも自分の話を聞いていないことには気づいていないようだった。聞いていなくても構わないのかもしれなかった。キティはネルソンという言葉を、長年乞い願い、苦労の末ようやく手に入れたなにかのように発音した。

よろしく。おれはネルソン。音節のひとつひとつに努力の跡があり、ひとつひとつが明瞭だった。

こちらはピュウ。ほら、教会の信者席《ピュウ》。すてきでしょう？　ピュウはあんまりおしゃべりが好きなほうじゃないけど、あなたたちとっても気が合うと思うわ。そうそう、ハニー、帽子を脱ぐのを忘れてるんじゃない？　帽子のことは話しあったばかりでしょう？　お客様がいらっしゃるときはどうするんだった？

うるさく構うんじゃないよ。ネルソンなりの理由があるんだから。ブッチが部屋のはしから言いながら、解けかけた氷がぎっしり入ったグラスを振った。トイレのそばで声をかけてきた白い制服の女性がブッチに近づき、小さな瓶の液体をグラスに注いで、静かに廊下へもどっていった。

ネルソンは帽子を脱がなかった。なにも聞こえなかったような顔で冷蔵庫へ行き、ソーダの赤い缶を取ると、プルタブを開けて部屋を出ていった。キティがヒルダとスティーヴンになにかささやいた。キティが声を押さえるのはそれがはじめてだった。二人は怯えたように目を見張ってうなずいた。白い制服の女性がキティに近づき、消え入りそうな声で、夕食の準備ができましたと言った。全員が部屋を出て、さっきとはべつの廊下を歩きはじめた。いくつもの部屋の前を、閉じたドアの前を、活けられた花の前を、キティやブッチやその他大勢の人たちが写った、何百という額入りの写真の前を通りすぎていった。やがて、わたしたちは長いテーブルのある部屋に入った。テーブルの上には大きなボウルや大皿に盛られた料理がのっていた。種類も量も昨日の夕食より多かった。ネルソンはすでにテーブルのはしの席についていて、わたしはそのとなりの席へ案内された。席につくと全員が手をつないだが、わたしの左隣にはだれもすわっていなかったし、ネルソンもわたしとは手をつなごうとしなかった。ネルソンはほほ笑みのようなものを浮かべ、目を細めてわたしを見た。全員が目を閉じ、ブッチが暗記した文句をいくつか唱え、最後にこう言って暗唱をしめくくった。**ネルソンに神のお恵みを。ピュウに神のお恵みを。アーメン。**ぎこちなく素朴な調子だった。二枚の紙をのりで貼りあわせようとしている子どものようだった。

　わたしの前に置かれた皿にはたくさんの料理がのっていた。油のにじんだやわらかいものが小山になっていた。空腹とはあまりにも長い付き合いで、いまでは満腹がどういう状態なのかもわからない。ところが、こうしてたっぷりの料理を前にしてみると、食べようという気にさえならなかった。あの信者席《ピュウ》で目覚めてから、ひっきりなしに食事をしている。過去に手をのばし、飢えていたころのわたしに料理のひと皿を渡してやりたかった。あるいは、目の前のこの皿を、飢えているだれかがいる場所に——もちろんそういう場所は存在する——送ってやりたかった。ネルソンは競争でもしているかのように食べつづけ、その喉は食べ物を規則的に飲みこんでいった。空腹を忘れてしまうことなどあり得るだろうか。あんなにもなじみ深かった感覚を。ネルソンはわたしの皿にのった黒い肉のかたまりもフォークでさらって口に入れた。わたしのほうは見もしなかった。

テーブルではつねに何人かが同時にしゃべり、ボウルや大皿がとなりの人に回された。あの白い制服の女性がテーブルを回り、空いたグラスに水やアイスティーやワインを注いだ。

ネルソンは、自分とわたしの皿を空にすると椅子を引いて立ちあがった。わたしも本能的にあとに続いた。

二人とも、デザートはいいの？　テーブルの上手にすわっていたキティがわたしたちに声をかけてきた。

大丈夫です。ネルソンが言った。ありがとうございます。

ペカン・パイよ。わたしもまさか、生きているうちに――

大丈夫です。ネルソンはくりかえした。ありがとうございます。

あの子、夕食のあとはいつも裏のポーチでチェッカーをするの。キティがヒルダとスティーヴンに説明をはじめた。はじめはロニーが相手をしてたんだけど、飽きちゃったみたいね。いつもそうなんだから。それで、ネルソンはかわいそうに、ひとりでチェッカーをやるようになったのよ。ポーチにすわって自分を相手にチェッカーをするの。今日は相手がいるからうれしいんじゃないかしら。一人遊びなんて、わたしには理解できないけど。外はあんなに暑いのに。あの子のふるさとと関係があるのかしらね。生まれ故郷を思いだすのかも。――キティの声を締め出すように、ネルソンが裏口のドアを閉めた。

ガラス戸に囲まれたポーチの奥のはしには低いテーブルがひとつあり、そこにチェッカー盤が置いてあった。テーブルのわきには、椅子から取ってきたらしいクッションがいくつかあり、わたしたちはクッションを敷いて床にすわった。ネルソンはテーブルの下に手をのばし、ストローの入った大きなプラスチックのカップをつかむと、顔をしかめながら中身をたっぷり飲んだ。それから、カップをわたしによこした。

ウイスキーだ。ネルソンは言った。**コークもちょっと入ってる。**

わたしも喉を鳴らしてウイスキーを飲み、飲みながら、少し前に会ったガソリンスタンドの女性のことを考えた。頭がぼんやりしてきたような感じがあったが、それさえもぼんやりとしていた。もうひと口飲むと、肩から力が抜け、体が床に沈む感じがした。わたしはネルソンに笑いかけた。ネルソンもわたしに笑いかけ、カップを受けとって、またウイスキーを飲んだ。

ほんとにチェッカーをやるわけじゃない。ネルソンは小声で言った。唇をほとんど動かさない話し方だった。肩ごしに裏口を見る。**ここにカップを置いてるから。ここなら放っておいてもらえるし、カップもある。あと二年したら、おれはここを出ていく。どこか別の場所へ行って、ここには二度ともどらない。**ネルソンはウイスキーをもうひと口飲み、黒い駒と赤い駒を盤面に並べていった。何百回とくりかえしてきたらしい、機械的な動作だった。**二度ともどらない。**ネルソンは言った。黒い駒のひとつを立て、前後に転がす。どこへもいけない車輪のように。

あんた、年は？ネルソンは、わたしの返事を長いあいだ待った。わたしは首を横に振った。**口をきいても、だれにも言わないよ。**

わたしは庭へ目を向けた。小さなライトに照らされたレンガの小道が、あちこちにある噴水や、夜の闇のなかで眠る平らな芝地や花壇のあいだを縫うようにのびていた。庭の一番はしでは、大木が地面のライトに照らされて苦しげに影を落としていた。

わからない。

ネルソンはうなずいた。**出身は？**

わたしは肩をすくめた。

あいつら、本当に教会であんたを見つけたのか？

眠っていた。

教会でできることなんて、寝るくらいだしな。ここの連中は、おれを毎週あそこへ連れてくよ。おれの家族は神の名のもとに殺されたっていうのに、ここにいるやつらはおれに賛美歌をうたわせようとする。おれの家族が死んだことを手違いかなにかのせいにしたいのかもな。別の神がやったことにしたいんだよ。

ネルソンは赤い駒を取り、黒い駒を斜めに飛びこえ、今度はその黒い駒を手に取り、さっきと同じ赤い駒を斜めに飛びこえた。自分相手のゲームだった。

おれは、あいつらが思ってるほどばかじゃない。歴史の本も読んだし、あいつらの聖書も読んだ。本にはなんでも書いてある。ネルソンは急にゲームをやめ、壁にもたれた。首の上で、力の抜けた頭がぐらついているように見えた。**口をきかずにいるのは賢いよ。あいつらには聞きたいことしか聞こえない。話せば話すだけ不利になる。おれも口がきけないってことにしとけば、あいつらもこんなにうるさくなかったかもな。**

ネルソンはウイスキーをひと口飲み、わたしにもすすめた。わたしもひと口飲んだ。ネルソンがカップをテーブルの下にもどすのと同時に、裏口が開く音がしてブッチの声が聞こえた。

二人とも、大丈夫か？　葉巻をくわえたブッチの声はくぐもっていた。

大丈夫です。ネルソンが言った。

どっちが勝ってる？

ピュウです。

そりゃいい。ブッチはドアを閉めた。

ネルソンは、両ひざに両ひじをあずけてうつむいた。そのまま、しばらく床を見ていた。

あんたは、まともだよ――まともなやつはあんまり多くないけど。まあ、ここには。でも……あんたはおかしくない。

ネルソンはしばらく顔をあげなかった。もう一度口を開いたとき、その声はさっきより低く、うつろに響いた。水に落ちてばらばらになったような声だった。

あんた、かわいそうだな。自分でここへ来たのかだれかに置いていかれたのか知らないけど。おれが十八になってれば、あんたが出ていくのを手伝えた。でも、おれはもう行く。用事があるんだ。いいか、あんたはここにいなきゃいけない。しばらくはブッチも様子を見にきたりしないと思う。なかにはもどらなくていい。でも、十分かそれくらいしたら、またここで会おう。いいか？

わたしはうなずいた。

残りは飲んでいいぞ。ネルソンは庭へ歩いていきながら言った。足音がだんだん速くなり、やがて聞こえなくなった。ライトに照らされた木は、さっきと同じところにあった。わたしは、頭で考えるより先に、木のほうへ歩きはじめた。大木が抱える木製の苦痛に引きよせられるようにして。なぜライトを消してやらないのだろう。なぜ暗闇のなかで眠らせてやらないのだろう。わたしはライトのひとつに近づき、両手を使って光をさえぎろうとした。だが、むだだった。

ネルソン、あなたなの？

そこにはキティがいた。片手に煙草を持っている。

あら、ピュウだったの。ネルソンかと思って。あの子、夜になると、よくこのあたりを走ってるから。わたし、いつもは煙草を吸ったりしないのよ――喫煙は寿命を縮めるもの。それはほんと。でも――悪いことばかりじゃないんだから……薬にだってなるの。寿命が尽きるまでは。

キティは少し笑った。心細そうな笑い声だった。笑い声はすぐに止んだ。

この時期は――不安になりやすくて。だから、朝に一本と、夜に一本だけなら吸ってもいいことにしてるの。お祭りの前の一週間だけ。キティはわたしのうしろに目をやり、窓から黄色い明かりがもれている屋敷のほうを見た。**すてきな時期よ。すばらしい時期。でも、なぜか――なんだか神経質になってしまって。**ここにいると、キティの目はちがって見えた。目の奥に自分を隠してしまえないのかもしれなかった。

キティは木を見上げ、煙草を深々と吸った。**この木、なにかをつかもうとしてるみたいじゃない？　わたし、うちの庭のオークがすごく好きなの。ライブ・オークっていう種類だったはず。庭の草木の名前をぜんぶ言えたらいいんだけど。覚えようとはしたんだけど、覚えるはしから忘れちゃって……でも、あれがハナミズキだってことは確かね。**煙草でむこうを指しながら、キティは言った。それから、また煙草を長々と吸った。あっちはマグノリア。あっちの二本もマグノリアね。小さいけど。マグノリアはどことなくくたびれて見えた。濃い緑の葉っぱの重みで憔悴しているようだった。

マグノリアがこの時期に咲いてくれたらいいんだけど。そうしたら少しは明るい気分になれるでしょうね。でもね、木が相手なら、思ってることをみんな話していいのよ——こっちの話なんか聞いてないんだから！

わたしたちはしばらく黙り、キティの煙まじりの息の音と、四方八方から聞こえてくるコオロギの小さな鳴き声に耳を澄ました。

よりによってこの週にあなたが町に来たなんて、不思議ね。今週末のことをどれくらい聞いたかわからないけど、心配しなくていいのよ。ネルソンが知ってることをみんな教えてくれるはず——あの子、お祭りが好きになってきたみたい。お祭りが終わればあの子の学校生活もずっと楽になるでしょうし。あなたにもわかるわ。お祭りが終わると町の人たちはとても穏やかになるの。もちろん、いまはだれにとっても少し危険な時期だけど……直前の一週間はどうしてもね。みんな、なんとなく不安になるのね。感情的に。人間なんだから仕方ないわ。

でも、この町のコミュニティが守られてるのもお祭りのおかげよ。お祭りをはじめたときのことはよく覚えてる。何年か前だった。町中の教会の牧師さんたちが集まって、絶対にいいことだからってわたしたちを説得したのよ。最初のお祭りが終わると、わたし、ブッチに言ったものよ——ねえあなた、人っておしゃべりが大好きなのに、内緒にしてることがたくさんあるみたいね、って。

わたしはキティの笑い声のなかで煙がほつれていくのを眺めていた。

キティは煙草を地面に押しつけて消し、ハンドバッグから出した小さなガラス瓶に吸い殻をしまった。瓶のふたをきつく閉めながら、キティはわたしを見上げて言った。あなたのその肌が手に入るなら死んでもいいわ。それ、遺伝なの？　ご両親もおなじ？　きっとそうね。子どもの肌みたい。あなた、子どもって年じゃないけど。わたしたちは家に向かって歩きはじめた。

人間って――人間の肌って、生まれたその日から傷んでいくんだから！　笑っちゃうわよね。しわができて、しみができて、汚らしくなって。それがいやなら大金をつぎこむしかないの。うんざり！　人の肌って醜いわよね。そうじゃない？　ほんとに最悪よ。一瞬も休まずに老いていくんだから。たったの一瞬も！

ネルソンは、ポーチを囲むガラス壁のむこうに立っていた。わたしたちはそこへ向かって歩いていった。

お庭でだれを見つけたと思う？　キティがネルソンに言った。

ああ。ネルソンが言った。

あなた、新しいお友だちにお庭を案内してあげてたの？　やさしいのね。

キティはハンドバックからミントをひと粒取りだして口に入れ、髪にもワンピースにも香水を噴きかけた。裏口からなかへ入ると、ブッチがドアのすぐそばに立っていた。

キティ、安っぽいにおいをぷんぷんさせるのはよしてくれ。全然ごまかせてないぞ。

散歩してただけよ。キティは言った。わたしが夜のお庭を見るのが大好きだってこと、あなたも知ってるくせに。わたしたち、一緒にお庭を散歩してたのよ。

火曜日

ロジャーが白い紙の束と色鉛筆の箱をわたしの前に置いた。だがわたしは、シンクの上の窓から外の木をながめ、大きな平たい葉が風にゆれるのを見ていたかった。ロスコーはテーブルの下で眠っていた。ロジャーは、自分としては一日かかったってかまわない、二人でのんびりやろう、なにもしないですわってたっていい、それでかまわないんだ、とくりかえした。時々、色鉛筆をわたしのほうへ転がし、いま考えていることを描いてみたらどうだい、と言った。そうすれば、気持ちがリラックスしてふるさとのことを思いだせる。リラックスして、自分は何者なのか、ここへくる前になにがあったのか、考えることができる。

具体的なものを描かなくてもいいんだ。抽象的でいい。抽象的という言葉の意味はわかるかい？現実にあるものとはちがうという意味だよ。物ではなく、ただの形。思考の形、と言ってもいいのかもしれない……それか感情の形。形、色、線、好きなものを描いていい。

ロジャーは紙を一枚取り、灰色の色鉛筆を選んで、大きな四角を描いた。四角形を少しながめ、そのなかにもうひとつ四角を描く。色鉛筆を箱の溝にゆっくりともどし、今度は赤い色鉛筆を取って、ふたつの四角の真ん中に線を一本引いた。

ぼくがいままさに感じていることを描いたんだ。抽象的だが、きみにはなにかに見えているかもしれない。テレビ、それとも地図。これだと断言できるものはないんだが。抽象的というのはそういうことだ。要は、感情なんだな。わかるかい？

わたしはうなずいた。ロジャーもうなずいた。ロジャーは自分の絵に目を落とし、彼なりの結論を下しているようだった。それから、絵をわきへ置いた。

きみもやってみるかい？　今朝の感情を絵にしてもいいし、むかしの感情を絵にしてもいい。ふるさとを描いてもいいし、なにか覚えていることを描いてもいい。きれいな絵じゃなくていいんだ。満足できるまでやり直したっていい——気に入らない絵はやぶって捨ててしまえばいい。気のすむまで何枚でも。

わたしは白いサギのことを考えていた。闇に溶けていく木立のはしをこちらへと飛んできたサギのこと。日が沈んだばかりだった。その日、わたしは教会を見つけられず、野原で眠ろうとしていた。野原にはサギが二羽いて、なにかを待っているように見えた——サギという鳥は、いつもなにかが起こるのを待っているように見える。わたしはいつまでもサギをながめた。しばらくするとあたりは暗くなり、なにも見えなくなった。

わたしは色鉛筆を取り、遠くを飛んでいるサギの絵を描いた。紙も色鉛筆も白かったが、サギのおぼろげな姿が——翼、首、頭、胴体が——紙の上になめらかに浮かびあがった。わたしは灰色の鉛筆と青い鉛筆を選び、サギのまわりの余白を埋めていった。細い斜線を何本もゆっくりと引いた。絵ができあがると、紙をロジャーのほうへすべらせた。

ありがとう。ロジャーは絵を観察しながら言った。

ロジャーは続けた。抑制された声で、言葉をひとつひとつ選びながら。自分がどんなふうに**患者と一緒に過ごす**のか、患者の描いた絵をどうするのか、絵が自分になにを教えてくれるのか——**ぼ**

くに、いや、ぼくたちに。

声は聞こえていたが、わたしはロジャーの話を聞いていなかった。ロジャーと目を合わせることもしなかった。テーブルの下でいびきをかいていた犬が、ふとため息をついた。窓の外の木に目をやると、枝は写真のように静止していた。ロジャーが紙束と色鉛筆をわたしの前に置き、いま描いた絵について感じることを描くようにと言った。抽象的な絵で構わないとロジャーは続けた。ふと、自分の中心にある数本の細い路地のような場所が、斜めに傾いたような感覚になった。

緊張してるかい？　気分は——大丈夫かい？　水かなにか持ってこようか。

わたしは首を振った。

この絵を描いているときにどんな気分だったか、それを思いだすだけでいい。やってみてくれるかい？　この絵をテーマにした絵を描くだけだよ。この記憶について感じることを描く。いま、ぼくときみは相互理解というものを築こうとしてる——わかるかな。人間はそれのくりかえしなんだ。他人の人生を生きるわけにはいかないし、他人の記憶や感情を目で見るわけにもいかない。だから、人生や感情を共有する方法をどうにか探しあてる。きみのこの記憶と紐付いているものはなんだい？　この記憶はほかのどんな記憶や感情とつながってる？

なにも浮かばなかった。ロジャーはわたしの顔を見つめ、大きな黄色いノートパッドになにか走り書きした。わたしは紙の上を鉛筆が走る音に耳をすました。ロスコーがテーブルの下で立ちあがり、わたしのひざに飛びついてきた。ロジャーが抱きあげようとするとロスコーはうなり、牙をむいた。それから振り返り、穏やかなうるんだ目でわたしを見上げた。

わかったわかった、好きにしな。ロジャーが言った。ロスコーは反応ひとつ返さなかった。温かな重みが、ひざの上にずしりとのしかかってきた。

なあ、どうしたんだ？ロジャーが犬に声をかけた。ロスコーは答えなかった。**きみを気に入ったのは間違いないな。たまにこういうことがある――なぜかはわからないんだが。普段はだれにもなつかないいんだけどね。**

わたしは絵を描かなかった。伝えるべきことはなにもなかった。ロスコーはわたしのひざの上でぐっすり眠り、わたしは、静止した厚い緑の葉が時おり風にゆれるのをながめて午前中を過ごした。やがて、ロジャーが皿にのったサンドイッチを運んできた。ロジャーは部屋のすみのテレビをつけ、リモコンをわたしに渡した。わたしはリモコンをわきに置き、画面のなかの子どもたちがボウルに入ったシリアルを食べるのをながめた。そのシリアルを食べると、子どもたちは翼が生えて空を飛ぶことができるようだった。

チャンネルは好きに変えていいよ。ぼくはべつの部屋で仕事をしている。もう少ししたら、ヒルダがきみをむかえにくる。

テレビに目をもどすと、子どもたちはいなくなり、白髪頭でスーツを着た男性が生命保険の話をしていた。わたしはサンドイッチを食べた。テレビに町の地図が映り、その上を、さざなみのような雲の絵が流れていった。画面に女性が映り、彼女がきっとそうなると信じているらしい五日間の空模様をにこやかに話した。

わたしはサンドイッチを食べおえた。肉の金臭い味が口のなかに残って消えなかった。ロスコーはわたしの手をなめ、裏口のドアが開く音を聞きつけると顔をあげて吠え、もう一度わたしの手をなめた。ヒルダの声とドアが閉まる音がした。ロジャーがコーヒーをすすめた。ヒルダは断った。

問題ありませんでした？　ヒルダがたずねた。

あの男の子、絵を描いてくれましたよ。

男の子？

いや——正確なところはわかりませんが——

二人の声が小さくなり、ほとんど聞こえなくなった。ロジャーが、わたしのいる部屋ととなりの部屋をへだてるドアを閉めた。地図も女性もテレビから消え、しばらく画面にはなにも映らなかった。画面が純白になり、なめらかで透きとおるような静けさが続いた。唐突に二人の男性が映った。彼らのそばには小さな女の子がいて、子ども用のギターを抱え、考えこむような顔で弦をはじいていた。話すことにも話しかけられることにも関心がないように見えた。男性の一人が言った。**一曲お願いしてもいいかな？**　女の子はギターを弾きはじめた。速く、勢いのある手付きだった。小さな機械が急に電源を入れられたかのようだった。表情は変わらず悲しげだった。大人たちは曲にあわせて手をたたき、女の子は急調子の曲を弾きつづけ、カメラは彼女の微動だにしない顔にフォーカスし、それから敏捷に動く手を映した。画面の下には字幕がついていた。**神童、地元の音楽教師を圧倒する。**

ロジャーが手配してくれて、明日の朝、モンロー医療センターで診てもらえることになったの。車に乗って少しすると、ヒルダが言った。あの人、あなたがどんなことを経験してきたのか心配してるの。別の医者の診断もあるほうがいいと思ったんですって。ヒルダはまた沈黙し、しばらく黙って運転をした。

わたしもそれがいいと思う。セカンドオピニオンというやつね。セカンドオピニオンは大事だというもの。医療センターなら検査もできるし……といっても、簡単なチェックだけど。問題がないか確かめるだけ。さて、少年部の司祭さんにお招きいただいたから会いにいきましょう。ソニーという人よ。その司祭さんのことは、みんなソニーと名前で呼ぶの。とてもざっくばらんな人だから。子ども会の運営なんかを担当してるの。

車を降りると、ヒルダたちがわたしを見つけた教会があった。一瞬、わたしをあの信者席に返すことにしたのだろうかと思った。どこであれ元の場所へもどっていくように。ヒルダについて通用口からなかへ入り、分厚い赤い絨毯の敷かれた廊下を歩いていった。ヒルダは広い階段を上ってまた廊下を進み、黒いドアの前で止まった。ドアには、くっきりした白い文字で〈少年部担当司祭〉と書いてあった。床の下からピアノの音が聞こえ、止み、また聞こえた。だれかが和音を練習していた。ヒルダがドアをノックすると、なかから大きな声が答えた。**どうぞ。**

その部屋には植物がたくさん置いてあった。緑のつるが窓枠にからみつき、垂れさがっていた。

部屋のそこかしこに、むらさき色の小粒のキャンディを入れた小さなボウルが置かれていた。ソニーが近づいてきてなにか言い、ヒルダの片方の手を両手で包みこんで大きく振った。ヒルダがわたしのほうを見て**こちらがソニーよ**と言い、ソニーのほうを見て**ピュウです**、と言った。

ソニーはほほ笑んだ。

それじゃ。わたしは席を外しますね。ヒルダが言った。わたしたちに言ったようにも、ひとり言をつぶやいたようにも聞こえた。そう言うと、一人で部屋を出て行った。

ソニーの顔には、少し前におそろしい知らせを受け取り、その動揺を押し殺しているような表情が浮かんでいた。デスクの上のボウルからキャンディをひとつかみ取って口に入れ、壁ぎわにあるビロード張りのソファをわたしにすすめた。自分も向かいに置かれたおなじビロードのソファにすわり、キャンディのボウルをわたしのほうへ押しやった。

止まらなくてね。甘いもの中毒なんだ。

ソニーは、またキャンディをひとつかみ口に入れた。ソファのあいだの小さなテーブルには、鉢植えの花と、トランプが一組と、厚い本が三冊置かれていた。本の背はどれも新品のようにまっすぐだった。

きみのことは町中の話題になってるよ。きみも気付いてるだろう。この町にはお客なんてめったにこないからね。こんなところじゃ観光はビジネスにならない。ソニーは笑って片足を上げ、反対の足のももにのせた。床の下からまたピアノの音が聞こえ、そこにいくつもの声が重なっていった。屋根を打つ雨の音のようにも聞こえた。だれかが笑い、べつのだれかが笑い、ふいにピアノの音も声も止み、だれかが話しはじめ、それから単純な和音に合わせてうたった。

聖歌隊が練習してるんだ。ソニーが言った。**火曜日はここへ来るのが楽しみでね。聖歌隊の歌はきみも日曜日に聞いたんじゃないかな。ああ、聞いたはずだよ。じつに染み入るね。**さっきよりも大きなピアノの音が聞こえ、数人が合唱をはじめた。ソニーは歌声に集中した。うつむき、首をかしげて耳をすます。声を出さずに歌詞をつぶやく。

この歌を練習してくれるとは、ちょうどよかった。ソニーはソファに身を沈めた。**いや、完璧だ。**歌声がはっきりと聞こえてくると、ソニーは一緒にうたいはじめた。

やがて、ピアノの和音だけが聞こえはじめた。ソニーはハミングをし、あやふやに歌詞をつぶやいた。**覚えてないんだ。記憶力がとぼしいもんでね。だが、この歌の逸話ははっきり覚えている。この歌は十九世紀に作られた。たしかそうだ。名前は思いだせないが、歌詞の作者は作曲家だったか作詞家だったたか、賛美歌を作っている男だ。いや、ふつうの歌も書いていたかもしれないな。ある日、その男のもとに知らせが届いた。四人の娘が全員――四人全員だよ！　想像できるかい――たしか、アメリカからイギリスへ渡ろうとしていたんじゃなかったかな――まあいい、娘たちの乗っていた船が難破して、四人全員が死んでしまったんだ。妻も死んでしまったんじゃなかったか。いや、妻はこの事件より前に死んでいたのかもしれない。たしか、息子も一人いて――息子も死んでいたような気がする。とにかく、娘は四人とも船の事故で死に、男はその悲報を受けとると、机に向かってこの詩を書いた――『安けさは川のごとく』という歌でね。悪魔が自分を試すようなことをしても、愛する者が一人残らず死んでしまったとしても、人は毅然と生き、主から目をそらす**

ようなことをしてはいけない、とか、そんなような歌だ。まあ、わたしはそう解釈している。不幸なときに――人生のどん底に陥ったときに――自己憐憫に浸るのは簡単なことだからね。だが、そうしてはいけないんだ――絶対に。不幸な出来事にとらわれてはいけない。もちろん、簡単なことじゃない。練習が必要だし、苦痛もともなう。まあ、ふつうの人ならそうだろう。

ソニーはしきりに自分の話にうなずき、また同じ歌をうたいはじめた聖歌隊の声に耳をすませた。全て安し。聖歌隊は静かな声でうたった。全て安し。ピアノの音が止む。だれかが話しはじめた。ソニーはまた、ボウルからむらさき色のキャンディをひとつかみ取った。また、ピアノが聞こえた。全て安し。歌声はさっきよりも大きく、さらに大きくなっていった。全て安し、全て安し……御神《みかみ》……共にませば！

もうネルソンには会ったらしいね。ソニーがたずねた。

わたしはうなずいた。ソニーは口を動かしながら話しつづけた。

すごい子だろう。たくさんのことを目の当たりにしてきた。きみたちはよく似ているよ。あの子もむかしのことは語りたがらない。だが、いや、言葉を失うね。ソニーは窓の外に目をやり、黙って口を動かし、キャンディを飲みこんだ。視線を落ちつきなくさまよわせ、首を振る。あの子は自分の家族が皆殺しにされるところを目撃して、自分も殺されそうになった。そのあとの移住の手続きが、また異様に厳しくてね――あの複雑さはとても説明できない。実にばかげてるし、あんなのは人道的じゃない。ネルソンの世話をすべて引きうけるという一家がこの町で待っていたのに、あの子がここに着いたときには、当初の予定を二年近くも過ぎていた。そのあいだ、難民キャンプでひとりで暮らさなくてはいけなかった。永遠に出られないと思いながらね。学校なんかほとんどいけなかったし、生活自体ままならなかった。いまはご覧のとおりだ。いい暮らしにりっぱな家に世話をしてくれる家族、そして広がる未来を手に入れた。だが、これまでの苦しみを考えると言葉もないよ。

ソニーはまた窓の外へ目をやり、片手を軽くひたいに当てた。なにかから身を守ろうとしているかのように。きみがどんなことをくぐり抜けてきたのか、みんなが気にしているんだ。お節介はやめてくれと思うかもしれないね——ぼくたちも、わかってはいるんだ。人生というのは、本人と神と家族にだけ関係があることなんだから。だが、ぼくたちはどうにかしてきみを助けたくてね。きみがどこから来たのか、もう少し詳しいことがわかれば、こっちももっと力になれるんだが。

ソニーはトランプを切ってカードを並べ、ソリティアをはじめた。わたしは、ガソリンスタンドにいた、あの老いた女性のことを思い出した。彼女はソリティアをこんなふうに説明した——他人なんかどうでもいいって連中が好きなゲームだよ。

ややこしい時代だよ。そう思わないか？　ソニーが言った。のぞいた歯がうすいライラック色に染まっていた。どの国も政府もばんばん人を殺し、戦争で次々に町を破壊し、女子どもを殺してまわる。ソニーは手早くゲームを進め、並んだカードをめくってはトランプの山を小さくしていった。トランプは使いこまれて柔らかくなり、角がすり切れていた。めちゃくちゃだよ。どこへいっても、だれかが傷ついている。時々、この国の男と女は四六時中いがみあってるような気がする。やりきれないね。だれもが自分こそは正しいと思いたがるんだから。

ソニーは、一枚のカードをゆっくりと確信をこめて置き、一人でほほ笑んだ。

人生はつらい――間違いない。それに関しては仏教徒たちの言うとおりだと思うよ。この世では簡単なことなどひとつもない。いま話した賛美歌の話には、さらにつらい後日談があってね――あの歌の詩が書かれてほんの数か月後、それに曲をつけた男も乗っていた汽車が脱線して死んだ。家族を亡くしたあと、そのことについて一緒に歌を作った男も亡くしたわけだ。

ソリティアは終わっていた。ソニーが勝ったようだった。司祭はトランプをまとめ、キャンディをひとつかみ取った。

ぼくの言いたいのは――まあ、ぼくは牧師さんとちがって、なんというか、りっぱな演説を即興でぶつような芸当はできないんだが。ソニーはそこで言葉を切った。口のなかは濃い紫色に染まり、舌も歯も黒っぽく、人間のものとは思えなかった。ぼくの言いたいのは、きみがどんなことをくぐり抜けてきたにせよ、ここにはきみのための居場所がある、ということだ。きみはぼくたちの教会を一夜の宿として選んだわけだし、それはただの偶然じゃない。ぼくたちがここできみを見つけたのも偶然じゃない。話をしようという気になったら、ぼくはいつでもここできみを歓迎する。わたしたちは立ちあがった。ソニーはわたしを見下ろし、片方の肩に手を置いた。下ではまだ聖歌隊がうたっていた。歌声が床を震わせていた。

元気です、あなたは？　オウムが言った。壁のほうを向き、小刻みに頭を振っていた。元気です、あなたは？

わたしはキッチンの隣の小部屋で椅子にすわっていた。そばには、冷たいミルクと、ヒルダの言葉を借りれば、甘いものが置かれていた。四角い黒いケーキだ。わたしは、そうして長い一日を終えようとしていた。窓の外を向き、夜空を見る。窓ガラスに触れると温かかった。夏の暑さがガラスに残っていた。暑さは決して消えない。常にそこにある。

壁のむこうから、ジャックの観ているテレビのくぐもった音が聞こえていた。時々、ボールを壁に投げてはキャッチする音が聞こえた。

ジャック。キッチンからスティーヴンがどなった。

なに？

テレビを消して寝なさい。

でも、これから試合のリプレイが――

ジャック、寝ろと言ったんだ。

ピュウはまだ起きてるのに。

関係ない――ピュウはおれの子どもじゃない。そいつの電源を切って寝ろと言ってるんだ。

テレビの音が止んだ。ジャックは足を踏みならしながら廊下を歩いていき、寝室のドアを叩きつけるように閉めた。家のなかはしんと静かになり、キッチンにいるスティーヴンとヒルダの低い話し声だけが聞こえた。

わたしは目を閉じ、別の世界の人生のことを考えた。そこでは思考や意図だけが目に見える。人の体は血や肉ではなく、なにか別のものでできている。皮膚や体重といったものより、もっと重要なもので。わずかな間、わたしは自分がどこにいるのか思い出せなくなった。無意識のうちにコップのミルクを飲みほし、体のない世界で生きるという考えに没頭した。その世界では、思考が思考を抱きしめ、思考は別の思考を見ることができ、死は思考を終わらせるものではなく、人は考えることによって生きつづけることができ、考えることをやめたときに死ぬ。おそらくその世界では、この世界とはちがって、体が本来の自分を隠してしまうことはない。おそらく、体が自分の人生を決定することも、他人の人生を決定することも、ある人生が他人の人生と交わるのか交わらないのか、それを決定することもない。眠る必要もなければドアを乱暴に閉める必要もなく、結局は死んでしまう細胞のなかで、べつの命が収まった細胞を食べる必要もない。細胞自体が存在しないのだから。

元気です。オウムが言った。今度は音節を引き伸ばすような話し方だった。しばらく黙りこみ、それからまた――

元気です、あなたは?

ヒルダとスティーヴンが部屋に入ってきた。顔が赤く、くたびれているようにみえた。

気が進まないかもしれないが、とスティーヴンが言った。**わたしたちに話しておきたいこととか、**

打ちあけておいたほうがいいことがあるなら……いまのうちに話しておいたらどうかな。

ヒルダがテーブルに手をのばし、空のコップと皿を取った。

明日は今日より忙しいわよ。ヒルダは早口で言った。モンローまで遠出して、専門家の先生に診てもらわないといけないんだから。ロジャーが紹介してくれたの。病院へ行く前に話すべきことを話しておいてくれたら、色々スムーズにいくんじゃないかしら。明日は検査をしなくちゃいけないから。問題がないことを確認するだけだけど。話すことはなにもなかった。二人に話すべきことはなにもなかった。わたしたちは黙ってすわっていた。

だれかに聞いたかもしれないが、今週の土曜日は祭りがある。一年のうちでもとても重要な日でね。住民全員が祭りに参加すること、参加する意義を一人一人が噛みしめることがとても大事なんだ。

本当にすばらしいお祭りなのよ。ヒルダが言った。口からこぼれ落ちたような声だった。意義深いお祭りなの。

そのとおり。祭りにはきみも参加してほしい。われわれの祭りを十分に理解することはできないかもしれないが。ヒルダは涙ぐんでいた。片目をそっとぬぐい、もう片方の目もぬぐい、また最初の目をぬぐい、しばらくそうして涙をふきつづけた。スティーヴンはヒルダの手首に片手を置いて軽くにぎった。その仕草が、彼女のなかに生まれつつあったなにかを抑えこんだようだった。

コミュニティに新しい人間を迎えいれれば、住民はいろいろ知りたがるものだからね。スティーヴンはつづけた。まあ、それも当然のことだ。だから、われわれとしても確証がほしくてね。きみになにか問題がないか、われわれの重要な祭りにきみがふさわしいのか。よその人間はあの祭りをなかなか理解できないから。

少しのあいだ、わたしたちは黙っていた。キッチンで家電製品がうなるような低い音を立てた。

そうそう。ヒルダが言った。もうひとつ話したいことがあったの。あなた、お風呂に入りたいんじゃないかと思って。ここへ来てから一度も体を洗っていないし、きっと入っておきたいわよね。バスタブにお湯をためてるの。お風呂場は階段の下にあるから。

わたしたちは立ちあがり、風呂場へむかった。ヒルダが先に入って蛇口をひねった。バスタブにはふちまで湯がたまっていた。

もしよければ、スティーヴンが言った。ヒルダに服を洗ってもらったらどうだ。

わたしは首を横に振った。

本当にいいの？　ヒルダが言った。遠慮しなくていいのよ。

ああ、遠慮は無用。ヒルダに渡せば、朝までにアイロンをかけて、すぐに着られるようにしておく。

どうせ眠れないんだから。ヒルダが言った。

ああ、まあ――妻は安眠できないタイプでね。洗濯物が残っていると落ち着かないんだ。

ええ、そうなの。

また、わたしは首を横に振った。二人は風呂場を出ていき、ドアを閉めた。わたしは服を脱いだ。湯の表面から湯気が立ち、白いもやの下で湯は揺れながら湯気を発している。わたしは湯をながめ、体をみおろした。だれでも、服を脱ぐとこんなふうに動揺し、動物的な孤独を覚えるものなのだろうか。どうしてわたしは、いまもこの体のなかにいて、たえまない要求と裏切りに振り回されているのだろう。風呂場は白と灰色で統一され、空気は温かく、温かな空気はわたしの体を外から包みこみ、そしてわたし自身は体の内側にいる。この体は、何世紀も受け継がれてきた見知らぬ人々の生命によって存在させられた。わたしはこの体の世話をつづけなくてはいけない。善意の贈り物かなにかのように。そうする価値があるかのように。生きるということは、なぜ、瞬きするほど短いようにも、耐えがたいほど長いようにも感じられるのだろうか。

わたしはゆっくりと体を湯に沈め、バスタブのなかですわり――数秒だったかもしれないし、数分だったかもしれない――、湯からあがって厚いタオルで体をふき、ズボンとシャツを身につけて廊下へ出た。ヒルダとスティーヴンはまだ廊下にいて、暗闇のなかで身を寄せあって立っていた。長い内緒話をしていたかのように見えた。

おやすみ。ふたりが言った。はじめは片方が、それからもう片方が。わたしはうなずき、片手を廊下の壁に這わせながら屋根裏部屋へもどった。

屋根裏部屋で横になると、円窓から月が見えた。丸い真っ白な月で、音がしそうなほど明るかった。目を閉じても月のまぶしさが感じられた。わたしは月明かりのなかに横たわり、眠りに近い状態に落ちた。頭のなかを影とも感情ともつかないものが流れていったが、わたしになにかを伝えることはなかった。

わたしは夜に埋められていた。この体はもう死んでいるのだ、とわたしは思った。わたしはほほ笑んでいた。体はその人の墓なのだ。

少しすると、わたしは体を起こし、ほかの人を起こさないように足音をしのばせて階段を下り、濃い藍色に沈んだ家のなかをぬけて、もっとよく月を見ようと庭へ出た。月が見えるというのはとても幸運なことだ。最近は空を見上げる人などめったにいない。月が空にあることを忘れてしまったのだろうか。見上げればそこにあるもののことを、わたしたちは簡単に忘れてしまう。おそらく、いつの日にか空はわたしたちを置いていなくなり、そのときはじめて、わたしたちはそこになにがあったか気づくのだろう。

ドアが乱暴に閉まる音がして、ジャックが庭に現れた。わたしたちのあいだには空気がぬるい水のように溜まっていた。ジャックは玄関ポーチに立ったまま月を見上げ、それからまたわたしを見た。怖がらせようとしていることはなんとなくわかったが、わたしは怖くなかった――月はすぐそこにあり、夜は穏やかで、空気は温かくつろぎ、そのすべてがわたしたちのものなのだ。

ジャックはポーチの階段に立ったまま、どなっているような、それでいて小さな声で言った。**女なのか男なのか、どこからきたのかさえわからない。なのにおれのベッドを使いやがって。おれのベッドだぞ。キモいんだよ。どこでもいいから、とっとと帰れ。じゃまなんだよ。**

通りのむこうでゴミの缶が倒れる音がして、そばの家の庭の明かりがついた。犬が道路に走りでてきて、吠えながらなにかを追いかけていった。どこかで車の警報機が鳴り、また別の車の警報機が鳴り、猫がシャーッと牙をむき、悲鳴のような声で鳴くのが聞こえた。

ジャックはだんだんこちらへ近づいてきながら、小さなどなり声とでもいうべき声で話しつづけた。庭の奥へ移動しようとしたとき、隣家の窓辺に年配の女性が立っているのが見えた。女性は部屋着の首元をつかんでいた。わたしは自分の両手をどうすればいいのかも、自分の体をどうすればいいのかもわからず、だれにも見られずに行ける場所があったとして、どこなら行くことが許されているのかもわからなかった。振りかえって見ると、ジャックはこちらに背を向けていた。ポーチには父親がいて、低くきっぱりとした調子でなにか言った。飼い主が犬を呼びもどすときのような口調だった。ジャックはポーチへ向かい、家のなかにもどっていった。スティーヴンは玄関の明かりを浴びて立ち、黙ってわたしを見ていた。少ししてわたしも家のなかにもどった。

部屋から出るんじゃない。スティーヴンが言った。

屋根裏へ続く階段を半分ほど上ったとき、背後のドアが閉まり、鍵がかけられる音が聞こえた。

水曜日

ヒルダが運転していた。髪にはカーラーがいくつもついていた。車が緑色の道路標識を通りすぎた――〈スターク通り〉。この通りにはほかに書くべきこともないのだろう。空の色は青灰色へと少しずつ薄れつつあった。亡霊のような月がかかっていた。わたしは、窓の外を流れていく街灯や、濡れた草地にいる牛たちをながめた。

あなたがどんなことを経験してきたのか、わたしには想像もできない。ヒルダが言った。あわい黄色の光が車のなかを満たしていた。あなたにくらべれば……わたしの子ども時代なんて本当に気楽だった。わたしの人生はいまも生まれ故郷のなかで完結してるんだし――息子たちにスティーヴンに。母親はわたしが小さい時に死んでしまったけど、わたしにはいつも家族がいた。父に弟に、それにグラッドストーン夫人。このあいだあなたが会った人よ。あの人、わたしの継母だったの。まあ、いまもそうね。あの人とは反りが合わなかったけど、少なくとも憎まれてはいなかった。心底憎いって感じじゃなかった。とにかく、わたしはこの町の人たちをひとり残らず知ってるの。生まれてからずっとおなじ教会に通ってる。教会の人たちはみんなわたしのことを知ってるし、説明しなくても全部伝わる。美容師だってずっとおなじ人。それこそ、髪が生えたときからずっとよ。この場所はそりゃあ完璧じゃないけど、外の人たちがうわさしてるようなところでもない。南部っていう場所を誤解されるたびに、わたしは傷つくの。本当に傷つくのよ。

ヒルダは、表情を変えずに声もなく泣いていた。目のまわりをティッシュで軽く叩くように涙をぬぐう。

ごめんね。ごめんなさい。涙もろくて。すぐ感情的になっちゃうの。軍とか生命保険の感動的なCMでもだめなのよ——あれを見ると、絶対泣いちゃうんだから。ヒルダはそんな自分に呆れているように見えた。でも、わたしは本当にあなたのことを心配してるの。みんなそうよ。ただ、どうすればいいのかわからないだけ。自信が持てないのよ。

ふいに、ヒルダの顔から感情が消えた。明け方の光が消えていくときのようだった。ヒルダはまっすぐにすわり直し、息を吐き、咳ばらいをした。丸めたティッシュをシートの隙間に押しこんだ。陽射しが明るくなった。行く手にはハイウェイがまっすぐに延びていた。ヒルダは小さなかばんを取ってファスナーを開け、そのあいだもハンドルを膝で切って運転をつづけた。こぶりな広口の瓶を開けて目のまわりになにか塗り、小さな黒いくしでまつげをとかしてまばたきをした。

いつもは人前でこんなことしないのよ。みっともないわよね。いつもは朝のうちにすませておくんだけど、今日は時間がなくて。

ヒルダは血のような色の口紅をぬり、上唇と下唇をぎゅっと合わせた。使った道具をすべてかばんに戻すと、ファスナーを閉め、後部座席へ放った。見たくもないとでも言いたげに。

ポリーナには、車に乗るときは身だしなみを整えておきなさいってよく言われてた。事故にあって救急車に担ぎこまれるようなことになっても、無残な事故現場で一番無残な女になんかなりたくないでしょうって。ヒルダは笑った。母親って感じよね。

車は駐車場へ入った。となりには大きな灰色の建物がそびえていた。

あとはこれだけ。ヒルダはそう言い、髪のカーラーを外しはじめた。わたしはよそを向いた。見てはいけないような気がした。薄い緑の制服を着ただれかが、人を乗せた車椅子を押しながら歩道を歩いていた。わたしたちの車のとなりには救急車が列になって停まり、なにかを待っていた。

病院へ向かって歩きはじめると、ヒルダの靴が敷石の上でかつかつと音を立てた。ほんの数分前、ヒルダは明るい朝の陽射しを浴びながら泣いていた。いまヒルダは、生まれてから一度も泣いたことがない人のように、泣こうとしても泣けない人のように見えた。

ここで待っててね。わたしが腰かけると、ヒルダが言った。お医者さんに診てもらう前に記入しないといけない書類があるから——ひとりで大丈夫？

わたしはまわりを見回した。ヒルダはうなずき、そばを離れていった。

周囲にはテレビが七台あり、すべての画面に同じ番組が映っていた。大勢の人々がどこかに集まっていて、彼らが掲げるプラカードには、『いますぐ回答を！』や『捜索を！』などと書いてあった。スーツを着た男性が女性の口元にマイクを差しだすと、女性は大きな声で話しはじめた——

議会や政府は失踪事件の真相を知っているはずです。こちらにはそう信じるに足る根拠があるんです。ええ、わたしたちはそう確信しています。正当な確信があるんです。知っていることを話してほしいんです——せめて、被害者の……失踪した被害者の家族にだけは——

叫ぶような声がふいに小さくなり、女性の顔がゆがんだ。叫ぶ女の彫像のようだった女性が、今度は雨ざらしになった紙束のように見えた。女性は気持ちを落ち着け、話をつづけた——息子は、ヴァーノンは、二週間前にいなくなりました。オルモス郡のみなさんのなかにもヴァーノンを誤解している方々がいます。でも、わたしには息子がいい子だとわかっていますし、あの子が理由もなく突然いなくなるなんて絶対にあり得ません。真相を知りたいんです。わたしたちは真相を知りたいんです——

画面が切りかわり、女の子にインタビューをしている記者が映った。女の子が持ったプラカードにはこう書いてあった。

キリストなき《ノー・キリスト》ところに、正義なし《ノー・ジャスティス》
キリストを知れば《ノウ・キリスト》、正義を知る《ノウ・ジャスティス》

女の子は笑顔になり、差しだされたマイクに向かって小さな声で話しはじめた。たっぷりしたスカートの裾を片手でつかみ、左右に揺らしていた。わたしはテレビを見るのをやめたが、七台のテレビから見られているという感じは消えなかった。

すこし離れたところに、髪も肌も死んだ空のような色をした男性がすわっていた。腹と胸が丸くふくらみ、小さな人間を膝の上にのせているように見えた。その隣には、もっと年を取った女性がいた。エプロンをつけ、黒髪を小さな白い帽子でまとめている。瞳をのぞけば頭のなかで延々と続く細かい計算式が見えるような気がした

かわいそうな連中だな。男性がテレビを見ながら言った。

ええ、かわいそうですね。女性が言った。

見るのもつらい。哀れなもんだ。

まったくですよ。つらくなります。

苦しむ必要などないのに、そいつがわかってない！

おっしゃるとおりです。

おれたちは運がいい。そりゃ、この町だって問題なしってわけじゃないが、人が失踪するなんてことはない。

ええ、ここはいい町です。

ここを出ていこうとするやつはいない。突然いなくなっちまうようなやつは。

ええ、そうだと思います。

女性は遠慮がちに咳ばらいをして、足首を組んだ。本当に。

おれたちも完璧じゃない。そりゃそうだ。完璧な人間なんかいるもんか。

ええ。

全員に公平だったとは言えん。おれたちもわかってる。

たしかに——そうですね。

それでも、おれたちは公平にやってきた。公平の定義ってのは変わるもんだが。

女性はうなずき、物思いに沈んだ。二人は完璧に意見が合うようだった。

おれたちにもそれはわかってる。おれたちはよくやってると思うよ。

ええ、精一杯やっています。

それじゃ足りないっていうのか?

足りないんでしょうか?

この町にいられて本当に嬉しい。そうだろう?

そうでしょうか?

ああ、そうだ。ちがうのか？

女性はワックスペーパーの包みを開け、小さなサンドイッチを男性の口元へ持っていった。そのときはじめて、男性の両手と両足が革紐で車椅子に縛りつけられていることに気づいた。男性は、息の根を止めようとでもするかのようにサンドイッチに噛みつき、二度目のときは女性の指にまで歯を立てたようだった。女性は小さく悲鳴を上げ、男性の膝の上にサンドイッチを取り落とした。女性はサンドイッチを拾いあげ、もう一度男性に食べさせた。

わたしの隣には白髪がまばらに生えのこった男性がいた。男性は杖をあげ、テレビの一台を指した。画面には演壇のうしろに立った男性が映っていた。落ちついた、遠くを見るような目をした男性だった。その下にはテロップが出ていた——

オルモス郡長、

〈失踪抗議集会〉に声明

白髪の男性は首を振り、焦点のさだまらない目でのぞきこむようにわたしを見た。

おれの持論だが、政治家ってのは写真一枚だってテレビに流しちゃいかん。政治家の名前や顔なんかどうでもいいだろうが。

怒っているようにも上機嫌なようにも聞こえる話し方だった。自分に気をよくし、世界に気を悪くしているようだった。

顔なんか流すから面倒なことになる——あいつらの仕事は見られることじゃない——働くことだ。権力を欲しがる連中は有名になりたがるもんだが、政治家の顔や名前を覚える必要はないんだ。そのほうがうまくいくと思わんか？　なにができるか、民衆のためになにをしてきたか、なにを信じ、なにを考えているのか、知るべきことはそれだけだ。

男性は笑い、咳きこんだ。たるんだ顔は老木のようで、悪くなかった。**だが、問題はそこだろう？　あいつらはなにも考えないし、なにもしない。政治家は自分の御大層な地位をひけらかすことにしか興味がない。それだけがすべてなんだ。あいつらのまぬけ面なんかどうでもいい。だが、連中は見られたくてうずうずしてる。いや、我慢ならんね。**

男性の片腕から延びたチューブは、透明な液体が入った袋につながっていた。袋はかたわらの金属のスタンドから吊りさげられていた。

あんた、もしかして秘密主義だな？　おれとは正反対だ。おれは黙っていられたためしがないし、これからも無理だろうよ。

ふたつの人生がこんなふうに交差するというのは奇妙なことだった。わたしたちは待合室でただ無為にすわり、目に見えないなにかを相手に渡し、相手から受けとっている。

おれの言いたいことはわかるだろう。老人は言いながら車椅子の背にもたれ、杖を膝の上に置いた。**本当のところはなにもわからん。これまでだってそうだったし、これからもそうだろうな。せめて、少しのあいだくらいは口を閉じておこうか。**老人は目を閉じた。またたくまに眠りに落ちたようだった。

テレビにはアニメが映っていた。なにかが別のなにかの頭に体当たりし、体当たりされたなにかは体当たりしてきたなにかを追いまわし、仕返しに体当たりし、くるりと方向転換して逃げだした。部屋にいる人々は、顔に真剣さのようなものをたたえてアニメを観ていた。思いやりのようなものさえ、にじんでいるように見えた。だれかの顔を遠慮がちにのぞきこんでいるようでもあった。

わたしは話したいという衝動をかすかに覚えたが、話すべきことはなにもなかった。自分の声をどんなふうに口のなかにふくんでおくのだったか、そのやり方を忘れかけていた。薄緑のズボンとゆったりしたシャツを身に着けた人が老人に近づいてきて、顔の近くにかがみこんで大声で言った。

グラッドストーンさん、お部屋にもどらないと。お昼寝をしましょう。

グラッドストーンさんは、目を閉じたまま答えた。**ここにいたいんだ。新しい友人ができた。そうだろ?**

それならご自由に。薄緑のズボンのだれかはそう言って、またいなくなった。

グラッドストーンさんは、車椅子の上でしきりに体勢を変えていた。ちょうどいい姿勢をなかなか見つけられないようだった。目は閉じたままだった。

いつか、こんなところからは脱走したいんだ。だが、脱走したところで途方に暮れるばかりだろうな。ここじゃ、車椅子であちこち連れまわされ、まずいめしを食わされる——だが、外じゃどうだ? 車椅子を押してくれるやつもいなければ、めしを食わしてくれるやつもいない。外に出たって仕方がないし、ここにいたってやっぱり仕方がない。おれは死ぬまでここにいるんだろう。ひどい場所だよ。

ヒルダの靴音が近づいてきたが、そばへくるにつれて歩みがのろくなった。ヒルダはグラッドストーンさんのむかいの椅子にすわった。グラッドストーンさんはようやく目を開けた。

わが美しき娘じゃないか。グラッドストーンさんは小さな震える手を差しのべてヒルダに触れようとしたが、その手は届かなかった。

ここにいていいって言われたの？　ヒルダが言った。

まだ少しの自由はあるんでね。すぐには息の根を止めないんだと。

ヒルダは、決して片付かない雑用かなにかのように父を見て、目をそらした。**ピュウにはもう会ったのね。**

話し好きじゃないみたいだな。グラッドストーンさんは言った。

お父さんにはちょうどいいでしょう。ヒルダは言った。

しばらく、わたしたちは黙ってすわっていた。なにかを待ちながら。テレビには芝刈りをしている人が映っていた。やがて、だれかがやってきて、断りもせずにグラッドストーンさんの車椅子を押していった。

じゃあな。グラッドストーンさんは言った。ヒルダはなにも言わなかった。

看護師がやってきた。**お連れの女性の診察の用意が——いえ、男性の——ごめんなさい。その……書類には記入がなかったものですから——とにかく、診察の用意ができました。**

ヒルダが看護師になにか言った。たったいま目覚めた人のように、小さく困惑したような声だった。実際には、いままでもいまも、ヒルダは目を開けてすわっていた。

終わるまで、ここにいるから。ヒルダがわたしに言った。お行儀よくね。

ナンシーよ。歩きはじめると、看護師が言った。あなたもナンシーって呼んでちょうだいね。

角を曲がり、小部屋へ入った。部屋には、診察台とキャスター付きの椅子が二脚と金属の体重計があった。わたしは椅子にすわったが、ナンシーは少しのあいだ入り口で立ちどまっていた。その顔は、なにかを思いだそうとしている人のように、かすかにこわばっていた。ナンシーは、医者はすぐに来る、それまでは気楽にしてなにも心配しなくていい、すべて順調にいくはずだから、と言った。わたしが順調なことなどひとつもないというような顔をしていたのだろう。ナンシーはドアを閉めた。廊下にひびく足音が遠ざかっていった。

しばらく静かにすわっていると、ドアが開いた。男性は入り口で一瞬足を止め、すでにわたしを診察しているように見えた。その顔は表情がなくたるんでいた。

医者のウィンズローだ。男性は片手を差しだした。バディと呼んでくれ。みんなそう呼ぶからね。

わたしはウィンズロー医師の手をそのままにしておいた。医師はドアを閉め、もうひとつの椅子にすわった。

まずは少し自己紹介して、ここでの仕事のことと、ぼくがきみにできることを話しておこう。いま言ったとおり、ぼくはバディで、モンロー医療リハビリセンターで医師をしている。一応の専門としては心的外傷を負った人たちの治療だね。大半は、兵士、虐待を受けた女性、精神的不安を抱えた人、といった感じかな。ロジャーと似ているが、彼の専門はたしか子どもじゃなかったかな。それに、ロジャーは実を言うと――どう言えばいいか……その、訓練の量がわたしより格段に少ない。わたしは医学部へ行き、北部で研修を受け、それからまた何年か医学部で学んだ。専門的な脳の勉強ができる大学へ行ったんだ。ぼくの学位はそこにある。

ウィンズロー医師は部屋の片隅を指さした。そこには、額入りの修了証書が行き場を失って何枚か掛かっていた。

学位については見ての通りだが、つまり、ぼくは一生をかけて脳の研究をしてきたと言っておきたかったんだ。人の脳だよ。人の脳は時の経過と共にどうなるのか、恐ろしい経験をしたとき人の脳にはなにが起こるのか。さて、ぼくが正しかったら合図を出してくれるかな。ぼくは、きみは非常につらい経験をしてきたんじゃないかと思っている。この見立ては合っているかい？

ウィンズロー医師はわたしを見つめた。

合ってるかな？　ぼくが合ってるなら、小さくでいいからうなずいてくれないか……。医師は少し待ち、ため息をついて、キイと音を立てながら椅子の背にもたれた。

わざわざ事を面倒にする必要もないんじゃないかな。今日、ぼくは一時間も早く出勤したんだ。きみの診察のために。だから、きみのほうでも、ぼくとスタッフに少しは思いやりと理解を示してくれないか。わかるかな？

わたしはなにも言わなかった。なにもしなかった。

今日はきみにいろいろと検査をしなくちゃいけない。脳の検査ができる状態なのか確認する必要がある。そう聞くと少しこわくなるかもしれないが、痛みはまったくないからね。

具体的になにをするかというと、これからきみは、廊下の先にある検査室へ案内される。その部屋には紙のガウンが用意されている。服は全部脱いで、そのガウンを着てもらうことになる。それからナンシーがもどってきて検査をはじめる。きみが健康かどうか確認しないといけないんだ。健康でなければ、健康にするための方法を考えないといけない。それに、検査をすればきみがどういう人なのかも理解できる――わかるかな。この言い方で、ぼくの伝えたいことは理解できるかい？

わたしは無意識に壁のほうを見た。窓を見たかったのかもしれない。だが、その瞬間まで忘れていたが、この部屋には窓がなかった。ふいに、体が重くなった。動こうとしても動けないような、この椅子から体を持ちあげる術《すべ》が失われてしまったような、そんな感覚に襲われた。

念のため言っておくが、検査はぼくがしてもいいんだ。女性より男性のほうが気が楽だと言うなら。きみが決めていい。覚えておいてほしいんだが――検査をするときは服を脱いでもらうことになるんだよ。どっちがいい？　男性がいいかい？　女性がいいかい？

自分の体が着ている服について考えることはあまりない。この服がもともとはどこにあったものなのかも、自分がなにを着ているのかも、気にしたことはなかった。シャツとズボンはそろいの厚い生地だった。キャンバス地のようにも見える。色は灰色か黒か茶色だ――光の具合によって変わった。シャツには四角いポケットがひとつあり、ズボンには、ポケットが複数と、道具かなにかを吊りさげておく輪っかがひとつ付いていた。ここに下げておくような道具をわたしは一度も使ったことがない。

じゃあ、検査をするのは女性でいいんだね？　話してくれないと、きみがどうしたいのか推測するしかないんだが……。

ウィンズロー医師はしばらく黙っていた。やがてノックの音が聞こえ、ナンシーが現れた。わたしたちは廊下を歩いていった。廊下の突きあたりにはドアがあり、そこにはめこまれた小さな窓からは、せまい芝地と、そのむこうの低木の茂みが見えた。ドアには幅の広い赤いバーが渡してあり、こう表示があった。『非常口』。

ナンシーが左側に並んだドアのひとつを開け、その小さな部屋のなかへ入るようわたしを促した。部屋には、診察台のほかにはなにもなかった。台のはしには四角くたたまれた紙のガウンが置いてあった。わたしはその部屋に静かに立っていたが、同時にそこにはいなかった。紙のガウンを見ていたが、同時にそれを見てはいなかった。わたしは非常口のことを考えていた。

ナンシーが、服をすべて脱いで——**靴下も下着も全部脱いでね**——ガウンを着るようにと言い、自分はすぐにもどってきて検査を始めるから、と続けた。わたしの顔に、隠しそこねた表情が浮かんでいたのかもしれない。ナンシーは、こわがらなくていい、検査は痛くないし、ほんの数分で終わるから、と言った。**準備ができたころに戻ってくるわね**。ナンシーはそう言って出ていき、ドアを閉めた。

わたしはガウンを見て、自分の靴を見た。なんの特徴もない黒い靴で、底は厚く、靴紐はない。ドアのむこうに耳をすましていると、やがて看護師の足音は聞こえなくなり、それからは無音と、無音と、無音が続いた。わたしはドアに耳をつけた——無音。ドアノブに手をかけて回そうとしたが、動かなかった。わたしは廊下のことを思い、廊下の突きあたりにある非常口のことと、非常口のむこうにある木立のことを考え、あそこにはどんな木が生えているのだろう、木陰はどれくらいあるのだろうと思いを巡らせた。木のことならわかる。だが、この状況についてはなにひとつわからない。

　わたしは、たたまれたガウンと並んで柔らかい診察台にすわった。足は靴を履いたままで、体は服を着たままだった。診察台の上であおむけになり、目を閉じて、はるか先の未来のことを考えた。人類が絶滅の時を迎えるべくして迎え、それに取ってかわる別の生命体がやってきたあと、あるいは、その生命体もさらに次の生命体に取ってかわられたあと、わたしにははっきりと想像することさえできないはるか先のその未来に、だれかの頭にひとつの問いが浮かぶかもしれない。その問いはもしかすると、**人類とはなんだったのか**かもしれないし、**人類の世界とはなんだったのか**かもしれない。その問いは、わたしには予測もできない言語で表現されるだろう。音を持たない言語かもしれない。湿った、細菌だらけの口から発せられることのない言語かもしれない。もし未来の生命体の頭にその問いが浮かぶのだとしたら、わたしたちの悲しみや痛みや争いが整然と分類され、解明されることはあり得るのだろうか。わたしたちが言葉でとらえてきたものが。わたしたちが感じる秩序への欲求が。わたしは、ふと考えた——人間の抱える厄介なことは、体から生まれるのではないだろうか。いずれ衰えていくこの体から。弱いのか強いのか。色は薄いのか濃いのか。背は高いのか低いのか。体がこんなにも厄介ごとの種になるのはなぜだろう。なぜ人間は、体を使って別の体を攻撃するのだろう。なぜ人間は、体の構成要素になにか意味があると考えるのだろう。なぜ人間は、体の反応に頼って結論を導きだすのだろう。人の体はこんなにも曖昧で不安定だというのに。

服を着たまま、ガウンにも着替えずに診察台の上に寝そべっていると、生け贄かなにかになったような気がして落ち着かなかった。だが、わたしはこの祭壇に体を差しだすつもりはない。わたしがなんであれ、なんだったのであれ、ここにいる人間たちのものではないことは確かだった。

ドアが開いて、ナンシーが現れた。わたしに近づきながら、同時にわたしから遠ざかろうとしているように見えた。

あなたがここにいるってこと、忘れそうになってたわ――ほんとに忘れたわけじゃないんだけど、あれから患者さんが何人かきて……ここ何日か、なにかと慌ただしくて。

ナンシーは首を振り、眉を寄せて両手に持ったクリップボードに目を落とした。

どこまで終わったんだっけ?

ナンシーはクリップボードにはさんだ紙を何枚かめくり、顔をあげた。

ちょっと――服も脱いでないじゃない! 服も靴も脱いでないのに、検査なんかできるわけないでしょう。あと少し待ってあげる。わかった? こんなことしてたら日が暮れるわよ――

ナンシーがドアを閉め、足音があわただしく廊下を遠ざかっていった。わたしは起きあがり、またドアノブを回そうとした――今度も鍵がかかっていた。かすかな音がした。天井が水漏れしているような、水滴がタイルに落ちているような音だ。音がやみ、また聞こえ、やみ、聞こえた。わたしは床の上に両手をすべらせ、水を探した。だが、音の正体は椅子の脚と壁のあいだにあった――小指の爪ほどの大きさの昆虫だ。バッタに似ているが、もっと小さくて茶色い。昆虫は数秒おきに飛びあがっては、背中から床に転がった。堅い殻が床に当たってかちかちと音を立てた。わたしは昆虫をそっと両手ですくいあげた——うしろ肢のひとつが不自然な向きに曲がっている。わたしはその肢から目が離せなくなった。ほかのものは視界に入らなかった。

ナンシーとウィンズロー医師は、少し前から部屋にいたにちがいなかった。だが、ふたりがすぐそばへきてわたしを見下ろしながら矢継ぎ早に質問をはじめるまで、わたしは彼らがいることに気づかなかった。

顔をあげると、ふたりは話すのをやめた。わたしたちのまわりの静寂は、なにかが粉々に砕けちったあとに訪れるそれだった——澄んだ、高音の。

お話ししたとおりでしょう？　ナンシーがウィンズロー医師に言った。**人手が足りないんですから、協力してくれない患者さんの相手までできませんよ。**ウィンズロー医師はうなずき、わたしに背を向け、いなくなった。

病院を出ると、外の茂みのそばへいってしゃがみ、包むように合わせた両手を開いて、昆虫が地面へ飛びおりるのを待った。背中にヒルダの影が落ちているのを感じていた。昆虫は動かなかった。目か触覚がかすかに動きはしないかと目をこらしたが、どちらも動かなかった。四本の肢は折れまがり、腹部にきつく押しあてられていた。わたしは、低木の根元を覆う落ち葉に昆虫を置き、どうすればいいかわからないまま立ちあがった。

ヒルダはひと言もしゃべらなかった。車に乗りこむときも、車が駐車場を出ていくときも、車がハイウェイへ続く傾斜路《ランプ》でスピードを上げたときも、車がハイウェイを走りはじめたときも、車がわたしたちを乗せてハイウェイを何キロも走っていくあいだも。ヒルダはひと言も口をきかず、ラジオもつけなかった。ヒルダはわたしを見ず、わたしもヒルダを見なかった。わたしたちはまっすぐに前だけを見ていた。通気孔から入ってくる湿った冷たい風が、勢いよくわたしたちに吹きつけていた。わたしは昆虫のことを考えていた。あの虫は死んでいたのだろうか。わたしが窒息させてしまったのだろうか。気づかないうちに、うっかり押しつぶしてしまったのだろうか。

わたしは忍耐強いほうなの。とうとう、ヒルダが口を開いた。忍耐強くあれと教えられてきたし、実際、わたしは忍耐強いし、イエス様もきっと忍耐強いお方だったのでしょうし、それならわたしも忍耐強くいなくてはいけないはずだし、いつもはそうあるように努めているの。でも、そろそろ、わたしも限界。

ヒルダは両手をハンドルに置いたまま開き、もう一度、指を一本ずつ閉じていった。手首と肘のあいだの静脈が浮きあがっていた。

ごめんなさい。でも……今日の検査は——たぶん、わたしたちが言葉足らずだったのね。ううん、わたしが言葉足らずだったのかもしれない——でも、あの検査はわたしたちにとって重要だったのよ。あなたをこのまま家に置いておくなら、どうしてもあなたのことをもう少し知らなくちゃいけないって、スティーヴンと話しあったの。不安だから。それも当然でしょう？ なのに、今日のあなたの態度といったら。わたし、いま、必死で自分を抑えてるのよ。あなたがなにも教えてくれなくて、問題が……身体的に問題がないかどうか確かめる検査も拒むなら、わたしたちもなにもしてあげられない。ちゃんとわかってくれないと。わたしたち、あなたを助ける義務なんてないのよ——親切心からあなたを助けてあげようとしてるの。検査の代金、だれが払ってると思ってるの？ わたしよ。ただじゃないの。お医者さんは検査や治療が必要な人をただで診てくれるわけじゃないのよ。お金を払わなくちゃいけないし、病院にかかるためのお金は安くないの。

ハイウェイの少し先のほうで、小型車が溝にはまっているようだった。レッカー車が一台来ている。数人の人たちが道路脇で身を寄せあうようにしてじっと立っていた。だれかが小型車のうしろに鎖を取りつけていた。

あんたはどうせ苦労知らずだ、あんたたちはみんなそうだ、自分のことなんて理解できるわけがない、きっとそんな風に思ってるんでしょう？ 問題はそこなんじゃない？ あなたのことを理解できないのは、あなたがなにも話そうとしないからよ。助けたい一心であなたのことを知ろうとしてるのに。

小型車とレッカー車に近づくと、ヒルダは車の速度を落とした。路傍には女性がひとりすわりこみ、そのすぐそばに男性がふたり立っている。女性の頭の片側には血のようなものがこびりつき、髪がもつれていた。男性たちは腕を組み、レッカー車の鎖がぴんと張って、小型車を溝からゆっくり引きあげていくのを見守っていた。三人の前に差しかかると、ヒルダは運転席の窓を開け、腕を外へ突きだして手を振った。三人とも手を振りかえした。手を振り、笑顔を見せた。頭から血を流している女性さえ、笑顔で手を振った。ヒルダは窓を閉め、速度を上げた。

たぶん、わたしたちにはあなたのことが理解できないと思ってるんでしょう。でも、本当はそうじゃない。わたしだって苦しみを知ってる。本物の痛みを知ってるのよ。ヒルダはつばを飲んだ。話してあげましょうか。そう言ったきり、ヒルダは黙りこんだ。一キロほど車を走らせたあと、ヒルダは話しはじめた。

わたしの父は――病院の待合室で会ったあの人よ――何年か前に大病をして生死をさまよったことがあるの。持ちなおしたあと、父は人が変わったようになってしまって。ある日の午後、父は包丁を持ちだして、わたしの継母の目を刺した。包丁をいきなり目に突きたてたの。本当に、いきなり。だからわたしたちは、父をモンロー医療センターに入れた。介護施設では受けいれてもらえなかったから。父がポリーナを殺さなかったのは神様のおかげね。もしそんなことになってたら、わたしたち家族は――いえ、家族の評判は――二度と取りもどせなかった。わたしにも子どもたちにも夫にも、事件のことがいつまでもつきまとって。事件が家族全員に影を落として、引っ越すしかなかったかもしれない……。

父がポリーナと結婚したときは、なんていうか、父よりもずいぶん若いし、なんだか――なんだか、わたしたちとは全然ちがうと思ったものよ。おどおどしてるし、見た目もわたしたちとはちがう。髪は黒いし、肌も少し茶色いでしょう――それに……あの人、自分の父親のことは顔も知らないんですって。ポリーナの母親が父親の話をしなかったのはなにか訳があったんでしょうね。結婚式のときも白いドレスを着ようとさえしなかった――別に、離婚したことがあるとか、そういう事情があったわけじゃないのよ。そんな人が継母だってことがどれだけ大変だったか、あなたには想像もつかないでしょう。教会にいるときまで、ポリーナのことでまわりの子たちにいじめられたのよ。子どもって、なにか変だなと思うと真っ先にそれを口に出して言うでしょう。それに、ああいう……その、ああいう振る舞いをする人をお母さんと呼ばなくちゃいけないのは、なんというか、普通じゃなかった。うちみたいな家族はこの町では異色で、だからほかの人たちより倍も努力しなくちゃいけなかったの――普通の家族でいられるように。コミュニティに受けいれてもらうこと。それこそがわたしたちには大事なことなの――コミュニティに受けいれられること。それだけを、だれもが望んでるのよ。

もちろん、グラッドストーン夫人も――ポリーナのことだけど――あの事件のあとは人が変わってしまったし――彼女の魂に神様のお恵みを――ガラスの義眼のこともすごく気にするようになって。なにがあっても頑として外へ出ようとしないし。わたしも、ほら、ポリーナがわたしの人生に関わってくれるようにがんばってはいるの。わたしだってあんなに孤立してほしくないのよ。でも、あの人は絶対に家から出ようとしない——それはもう、かたくなに。わたしもあの家にはなかなか行きづらくて。

ポリーナは、病院で意識を取りもどしたとき、夫は——わたしの父は——死んでしまったんだと思いこんだの。わたしたちがなにを言ってもむだだった。あなたの夫は生きているし、あなたを襲ったのも夫なんだと何度説明しても、ポリーナは絶対に信じなかった。片目を失ったのは自分の落ち度だと思っていて、こう言いつづけた。「まさかチャールズがそんなことをするわけがない。知らない男がやったのよ。知らない男がうちへ押しいって、チャールズに罪をなすりつけたのよ」。知だから、わたしポリーナに言ったの。知らない男なんかいなかったし、父本人が自分がやったと認めているんだって。そしたらポリーナはこうくりかえした。もし本当にチャールズがわたしの目を刺したなら、そうされても仕方のないことを自分はやったんだと思う、って。信じられる?

わたしはポリーナのことを考えた。自分の家で静かにすわっていた、グラッドストーン夫人。落ちつきはらって、ひとりきりだった。人の心は簡単にゆがんでしまい、元に戻すのはとても難しい。

あの日、ポリーナを見つけたのはわたしだったのよ。ヒルダが言った。よろめきながらポーチに出てきて、目からは血が噴きだしてた。あの日、たまたま車であそこを通りかかって本当によかった。そうじゃなかったら、あの人芝生の上で死んでたわ。そんなことになってたら、わたしたちはどうなった? この町を出ていくとか、なにか手を打つしかなかったでしょうね……。

ハイウェイの先に目をやると、地面から立ちのぼる陽炎に風景がゆがんでいた。ヒルダはガムを二枚取って包み紙をむき、口に入れてかみながら話しつづけた。

わたしが言いたいのは、わたしにだってつらい経験のひとつかふたつあるってことよ。言いたいことはそれだけ。あなたにも話したくないことがあるのかもしれないけど、話してくれなくちゃいけないの。それだけが前を向くためのたったひとつの方法なんだから。そうするしかないの。せめて、わたしたちの気持ちを考えてちょうだい。コミュニティみんなの気持ちを。わたしたちだって困ってるのよ。あなたはお祭りのある週にいきなり現れて、おまけにオルモス郡でも騒ぎが起こってる。大変な時なんだから、あなたにも協力してもらわないと。わかる?

ヒルダは口をつぐみ、角を曲がって、ロジャーの家の私道へ車を入れた。ドアを開けようとしないので、わたしもドアを開けなかった。わたしたちはしばらくそのまますわっていた。ヒルダは何度か口を開き、なにか言いかけてはやめ、また最初から言いなおそうとした。フロントガラスの外をじっと見ているので、わたしも同じように外を見た。

これから、ロジャーが友人の家にあなたを連れていくことになってるの。わたしはスティーヴンと話しあって、あなたにこのままうちにいてもらうかどうか決めないと。スティーヴンは——もしかしたら、わたしも——これ以上は無理だって結論を出すかもしれない。家族と子どもたちのために。だから——その……。

ヒルダはドアを開けたが、気が変わったのかまたドアを閉め、わたしに向きなおった。表情がやわらぎ、声も明るく高くなった。

でも、ちゃんと覚えておいてちょうだいね。あなたのことは歓迎してるの——うちに来てくれてうれしいし、これは本心から言ってるのよ。あなたのことが嫌だとか、そういう話じゃないの。本当に。できる限りのことをしてあげたいと心から思っているし、もしうちには置いておけないというこになったとしても、それは個人的な感情で決めたことじゃない——もっと、現実的な結論なの。本当に、これからもいつでも好きなときにうちに来てもらっていいのよ。あなたがうちに来てくれて、本当によかった。そのことだけは忘れないでちょうだいね。とにかく、スティーヴンがどう考えているのか、その考えが本当に現実的かどうか、まずは話しあってみないと。これからのことか、いろいろね。とにかくスティーヴンの考えを聞かないといけないのよ。

ヒルダは、フロントガラスにかすかに映った自分に向かってうなずいた。

町の連中の大方はよそ者なんか嫌いなんだよ。わたしに教えてもらう必要もないだろうけど。

タミーは細い煙草をふかし、時々ソーダの空き缶に灰を落とした。家は木造で古く、壁や床の板はたわんでいるか裂けているかのどちらかで、水色のペンキはいたるところが剝げていた。欠点があるからこそ、この家がべつのやり方で大切にされていることがわかった。ロジャーは一時間前にわたしをこの家へ送りとどけ、あとで迎えに来るからとだけ言いのこして帰っていった。

ああ、だろうとも。タミーは、細い煙草を深く吸った。そんなこと、わたしに教えてもらうまでもないだろうね。

わたしたちはポーチにすわり、周囲の音をきいていた。半時間おきに電車が轟音を立てて家の裏手の線路を走りすぎていった。金属音の壁がいきなり間近にそびえ立ち、うすれ、やがて消える。時々、タミーの煙草が吐く息となって消えていくのを眺めた。だが、たいていは庭を見ていた。庭はからみあうつる植物と枯れ葉におおわれていた。猫が何匹かいて、目についたものを片端から殺してやろうと忙しなく走りまわっていた。

わたしもね――まさか自分が、旦那の帰りを待って午後を過ごす女になるとは思ってなかったよ。だけど、結局は母親に似るっていうのは本当なのかもしれないね――気づいていようと気づいていまいと、そういうもんなんだ。

タミーはそう言って笑い、首を振り、空き缶に吸い殻を落とした。缶のなかで吸い殻がジュッと音を立てた。

あの人に神のご加護を。あのクソ女に。死人に悪態をつくのもなんだけど……でも、それなら、わが子に悪態をつくのもやめてほしかったよ。なんというか——言ってみれば、あの人はわたしに何度も失望して、その失望に片をつける前に寿命のほうが尽きちまったんだろうね。

ぶち猫がポーチの階段をのぼってきた。だらりとしたなにかの死骸をくわえていたが、タミーに厳しい表情を向けられると、あげかけていた脚をぴたりと静止させ、そろそろと後ずさり、庭の雑草の茂みに逃げこんでいった。

あんた、両親はいる？　それか、あんたを自分の所有物だと思いこんでるやつは？

いいえ。わたしは言った。自分の声に不意をつかれた。つきはなしたような、静かな声だった。

そう。みなし子だったのかい？

わたしは木の床に目を落としてしばらく黙っていた。自分のなかには逡巡を永遠に繰り返すひとつの記憶があるように思えた。入っていいものかいつまでも玄関の前でためらい、呼び鈴を押せずにいる人のように。覚えてない。

そう。あれは過大評価もいいところだよ、家族っていうのは。しっくりくる家族のもとに生まれるのは運次第。みんな、なかなか認めたがらないけど、そんな幸運に恵まれることはめったにない。わたしはここから逃げだしたことが一度あるんだよ。あれは——嘘みたいだね、十七歳の時だった。こういう話にはおきまりの結末ってもんがある。そうだろう？

タミーは音を立ててつばを飲み、煙草に火をつけた。

だけど、実際の結末はどうだったかというと――何週間か泊まれる場所を見つけた。家からずっと離れたところに。場所の名前は覚えてないよ――うんざりするほどバカだったからね。ともかく、ラトビア人たちの住んでいる地域だった。ちょっとした仕事も見つけた。ラトビア人のおばあさんが経営する美容室で床に落ちた髪の毛を掃除する仕事でね――だけど、その人の名前も思い出せないんだ。ほんとにバカなんだから。その時までラトビアのラの字も聞いたことがなかった――本物のバカだった。いまもだけどね。そのおばあさんは本当に親切にしてくれてね。冗談好きな人だったし。わたしはみっともない小娘で、金もなければ友だちもいなかったし、経験もなくて世間も知らなかった。おばあさんのほうはわたしとは大違いの人生を送ってた。祖国を離れ、知っている人全員と別れて、まっさらな状態からやり直したんだ。でも、わたしはなんだか、おばあさんとは通じるところが多いような気がしてた。子ども時代の友だちよりも、生まれた町の知り合いよりも、自分の家族よりも。会った瞬間にそう感じたんだ。訳もなく。それにしても、どうしてわたしはどこにいたって場所を間違えたように感じるんだろうね。最初からそんなふうに感じてたんだから――ほんの子どものころから、自分がここに生まれたのはなにかの手違いなんだと思ってた。母親も、いや、家族みんながわたしのことをそんなふうに見てたと思うよ。なにか手違いがあったんだろうって。で、わたしはいまどこにいる？　生まれた家からたった十五キロのこの家で、毎日暇を持てあまして、昼寝をして、煙草を吸いすぎて、ちょっとでも気を抜くと鶏を丸ごと一羽食べてしまうんだから。

タミーは煙草をもみ消し、しばらく身じろぎもせずに黙っていた。

やたら深刻ぶるつもりもないんだよ。だれだってこんな話は嫌いだろうし。ただ、人生のことをまともに考えるのがつらいときがあってね。全部やり直しがきかないんだから。なんなんだろうね、人生って。

わたしたちはしばらく黙りこみ、タミーが最後に言った言葉が遠ざかっていくのを待っていた。言葉が十分遠くへ消えたように感じられたころ、タミーは立ちあがり、ポーチを歩きはじめた。

言わないでおくよ。タミーは肩ごしに言った。あんたが口をきいたってこと。みんながよってたかってあんたをしゃべらせようとしてる。そうだろう？　みんながその瞬間を待ちかまえてるんだろう？　そりゃ、あんたは生まれつき口がきけないんだって考えてるやつらもいるだろうね。医学的な問題で打つ手はないんだって。そいつらにはそう思わせておきな。わたしとハルはだれにも言わない。どっちにしろ、わたしたちの言うことなんかだれも信じないだろうし。タミーはポーチの手すりから身を乗りだし、猫を探しているようだった。ふと振りかえって言った――ここは最悪ってわけでもないけど、最高ってわけでもないからね。

タミーはしゃがみ、床に置かれた小型ラジオをつけた。ピアノの弾き語りが流れ、タミーはそれに合わせて、どことなく恥ずかしそうに小声でうたいはじめた。赤い車が敷地に入ってきて、つる植物や雑草がきれいに抜かれた一角に停まった。小柄で痩せた男性が車から降りてきて、ポーチの階段を上ってきた。男性は始終タミーに笑いかけていた。緑色のシャツは心臓のあたりに布があてられ、そこに〝ハル〟と刺繍がしてあった。タミーがハルを抱きしめると、背丈が倍くらいもあるように見えた――タミーはかがみこみ、ハルのはげ頭のてっぺんにキスをした。二人の仕草はとても自然でくつろいでいた。まるで、お互いがどこにいるか指す風見鶏のようなものがあって、自然と相手に引き寄せられていくように見えた。

ハルだ。ハルはわたしに笑顔を向け、さっと一度手を振った。それから、タミーがすわっていた古いソファに腰を下ろした。タミーは家のなかに姿を消し、すぐにポテトチップスを盛ったボウルと、濃い赤色の飲み物が入ったコップを持ってもどってきた。コップのなかで氷がうたうように鳴った。わたしはポーチの天井に吊ってある鮮やかな色の大きな羽根を見上げていた。羽根は天井のファンの風を受けてくるくる回っていた。

クジャクを見たことは？　ハルがたずねた。

おや、始まったね。　タミーは煙草に火をつけ、ポーチのはしを歩きはじめた。

記憶の存在をぼんやりと感じた。どこかの芝生の上で目を覚ますと、二羽の大きな鳥が——クジャクだ——離れたところからわたしのほうを見ていた。一羽が扇のような尾羽根を広げ、もう一羽も同じようにした。どちらも尾羽根を揺らしながら長い首を小刻みに動かしていた。一瞬、羽根の一枚一枚がわたしを見ているような気がした。静寂と熱気のなかでこちらを見つめているような感じがあった。ふいにクジャクは羽根の扇をたたみ、むこうへ走っていった。豪華な衣装を草の上で引きずりながら、命がけでわたしから逃げていった。

クジャクはきれいだ。　ハルが言った。**タミーはむかしからクジャクが好きでね。だから、おれは金をためて、うちでも何羽か飼うことにしたんだ。通信販売で注文すると、木箱に入ったクジャクたちが翌日配送で届いた。そりゃあきれいだったよ。信じられないくらいだった——はっとするよ**

うな青で、角度によっては紫にも見えた。聞くからにきれいだろう。まあ、それで——おれたちはクジャクを古い鶏小屋に入れておいた。新しい鶏小屋を作ったんで、古いほうは使わずに放ってあったんだ。ところが、翌朝見にいってみると、なにかが小屋のなかに侵入してクジャクが二羽いなくなっていた。芝生のいたるところに血と青い羽根が散乱しててね。タミーは——優しいもんだから——芝生を歩きまわって羽根を集めてたよ。声をあげて泣きながら、羽根を一枚ずつ拾って。羽根でなにか作ろうと思ってるんだ。タミーが言った。クジャクの思い出に。なにを作るかはまだ決めてないけど。あんまりきれいなもんだから、地面の上で腐らせるなんてとてもできなかった。

それで、おれたちは生きのこったクジャクたちを新しい鶏小屋に移した。そのあいだに古い鶏小屋を修理しようと思ってね。ハルは続けた。おれは野犬かなにかが網を食いやぶって入ってきたんだろうと考えていた。それに、少しくらいクジャクと雌鶏をおなじ小屋に入れておいても大丈夫だろうと思った。

この話はいつ聞いてもいやだね。タミーはポーチの一番長いはしを歩きながらつぶやいた。なんにもわかってなかった。

どっちも鳥だから、ハルは言った。まさかまずいことになるとは思わなかった。実際、はじめはなんの問題もなかった。雌鶏たちは小屋の片側に集まってじっとしていた。犬の群れかなにかみたいに、折りかさなるようにして集まってた。クジャクたちのことがこわかったんだ。怯えきってた。ところが、一瞬目を離したすきに、一番大きい雌鶏が一番小さいクジャクに狙いをつけて、虫の息になるまで猛烈につつき回した。どうしてあの雌鶏がそんなことをしたのかわからないが——いまでも不思議だ――悪霊ってやつは本当にいるんじゃないかと思ったよ。雌鶏がそんなに狂暴になったことは一度もなかった。喉の奥で妙な音を出しながら、ぎょっとするほど素速く動いてね。速すぎて、つかまえて首をかき切ることもできなかったから、仕方なくライフルを使った。想像してくれよ――雌鶏をライフルで撃つんだ。ちっぽけな体が弾丸でずたずたになった。見るも無残でね。どっちにしても、あの鶏を料理する気はなかったよ。タミーが言った。いつもみたいに喉をかき切ってたとしても――あれを食べる気にはなれなかったね。

本当に悪霊かなにかが取りついているみたいだった――そうとしか見えなかった。あれはまさに――いや、どうかな……わからない。あれがなんだったのか、なんではなかったのか。たしかなことはなんとも。

ハルに頼んで、鶏の死骸は線路のむこうに埋めてもらった。タミーが言った。遠ざけておきたくてね。煙を吐き、庭に目をやった。こういう表情をするとき、人はどんな場所にいるのだろう。

鶏を埋めたあと、おれは残った三羽のクジャクをケージに入れて、庭の柵で囲った一角に置いた。これ以上襲われないように――うちの家畜にも、よその家の犬にも、野生の動物にも、なにからも絶対に襲われないように。それで、どうなったと思う？　突然、嵐が来た。稲光が走って、天気は荒れに荒れて雹まで降った。三羽のうち二羽は嵐でおぼれ死んで、最後の一羽は二羽の死骸の下で震えてたよ。最後の生き残りがどうなったかというと、一週間くらいはぶじでいたが、その後いなくなった。盗まれたのか、いきなり逃げだしたのか。

逃げだしたんだろうよ。クジャクたちにとっちゃ、ここはただの地獄だったんだ。タミーが言った。いまでも胸が痛むよ。考えない日はない。

わざとしたことじゃないんだから。

わたしはずっとクジャクがほしかった。子どものころからずっとほしかった。タミーはうつろな目になった。話しながら煙草に火をつけた。やっと手に入れたと思ったら、自分でふいにしたんだ。

わざとじゃなかっただろう。タム、悪いことはなにもしてないじゃないか。

いいや、したんだよ。

してない。

わざとじゃなくても、したんだ。

おれにもわからんが――

同じくらいひどいんだよ――わざとじゃなくたって。同じくらいひどい。もっと悪いかもしれない。クジャクの飼い方なんてなんにもわかっちゃいなかった。わたしは――ちっとも――

タミーは片手で力なく顔を覆い、小刻みに肩を震わせた。

ほらほら、タミー。クジャクの飼い方を知らなかったのも当然じゃないか。おまえを泣かせようとしてこんな話をしたわけじゃない。あれはもう何年も前のことだし、ちょっと思いだしただけなんだ。この世は手遅れになるまでわからないことばかりなんだから。

電車が通りすぎていった。これまでで一番騒々しく、長い電車のような気がした。電車が行ってしまうと、ポーチのすみからコオロギの鳴き声が聞こえてきた。タミーとハルになにか言いたかった。話を聞きながら考えていたことや感じたことを伝えたかった。だが、どんな言葉もわたしの手の届かないところにあった。自分のものとして使える言葉はひとつもなかった。虫が鳴くように人にも音を出す術があればよかったのに、と思った。みんながそんなふうにして話す術を心得ていたらよかった。おなじひとつの音を使って話す方法を。言葉はひとつも使わずに。

ここにいると、とハルが言った。**電車がずっとそこにあるような感じがしてこないか？　電車はずっとそこにあって、たまに音が聞こえてくるんじゃないかって。そんなふうに思えてこないか？　家全体がずっと揺れているみたいに。休みなく。**

タミーはハルを見て笑い、ポーチの階段に腰を下ろして、猫がたくさんいる雑草だらけの庭をながめた。しばらくだれも話さなかった。陽の光がかげりはじめていた。つぎの電車が通りすぎていった。

なかに入らないのかい？　タミーが玄関からたずねた。

ポーチの電灯に蛾が群がっていた。家のなかからテレビの音が聞こえていた。

なかは涼しいし、入ってコークを飲みな。　タミーは家とポーチをつなぐ出入り口に立っていた。どこでもない場所に。そのとき、自分がひとりで外の暗闇にいたことに気づいた。どれくらいそうしていたのだろう。ハルとタミーがなかへ入ったことも覚えていなかった。タミーに向き直るのと同時に電車が通りすぎていった。耳が痛くなるほどの轟音がしばらく続いた。その瞬間、あることを確信した。タミーには途方もない苦しみを人知れず抱えこむ力があるのだ。

まあ、いいよ。指図はできないしね。　タミーは静かな声で続けた――**だれにも指図なんかさせちゃいけないよ。**

足元には背後の窓から漏れた四角く黄色い明かりが落ちていた。なかでなにかの影が舞うように動くときをのぞけば、明かりはポーチの床の上で平たく静止していた。テレビの音が聞こえた。永遠に続く虫の鳴き声が聞こえた。小さな電球が立てるジジッという音が聞こえた。車が一台近づいてきて、少し離れたところに停まった。ヘッドライトが点いて消えた。ドアが二枚開き、閉まった。砂利の上を歩いてくる足音がした。暗闇のなかからロジャーとネルソンが現れ、階段を上がってきた。

こんばんは。　ロジャーが言った。ネルソンは言葉ひとつ残さずまっすぐ家のなかへ入っていった。

だれかさんは急ぎの用事があるみたいだ。

ロジャーが腰かけると、揺り椅子がきしんだ。

タミーはいい人だろう。

わたしはうなずいた。ロジャーは片足で椅子を揺らし、しばらく明かりと影のなかを行き来しながら不規則なリズムを刻んだ。

さて。ウィンズロー医師の診察の件は聞いたよ。お膳立てした張本人なんだから、いまはぼくに会いたくなかったかもしれないね……。

ロジャーは両手を組み、手のひらを下にして膝の上に置いていた。家のなかから、タミーがしきりになにかたずねる声と、ネルソンがひと言で返事をする声が聞こえた。

いつもは、患者とのあいだに距離を取ることにしているんだ。ロジャーが言った。相手に自分自身を投影することになりかねないからね。だけど、今回ばかりは難しい――どうしても、ぼく自身のことがきみのなかに見えてしまう。意外でもないだろうけど、ぼくはこの町にいまいち馴染めていないんだ。ほら、ぼくはスティーヴンみたいな男でもないし、ハルみたいな男でもないだろう。みんなもそう思ってるだろうな。かげでどんなうわさが立ってることやら。褒めているのか、けなしているのか。みんな、感じはいいんだ。実際に会っているときは。干渉されることもない。ぼくはぼくの仕事をこなすだけだし、この仕事はぼくの性に合ってる。もちろん、人はだれしもおしゃべりが好きだ。ここの人たちも、うわさ話くらいするだろう。だけど、しゃべったことは漏らさない。絶対に。礼儀正しい人たちなんだ。

蛾がひらひらと電灯に近づいていき、かと思うと、またひらひらと離れていった。わたしたちは蛾を眺めた。ロジャーは、時々上半身を心持ちわたしのほうへ向けたが、視線は常に上を向いていた。電灯を見つめ、わたしとは目を合わせなかった。

きみはぼくみたいだと言いたいわけじゃない。ただ、まわりに溶けこめないんじゃないかと心配して、そのせいで黙ってるなら、そんなことは気に病まなくていい。この町はきみが思ってるほどひどいところじゃないんだ。

ロジャーは楽しそうに笑ったが、その笑い声はすぐに消えた。ロジャーの顔を見ていると、絶対に表情の変わらない部分があった。強すぎる明かりは人の目をくらませ、多すぎる水は人をおぼれさせる。人からなにか本当のことを受け取ってしまうのは危険だ。だれかの一部を理解してしまうことは。相手の声に耳を澄ますとき、相手が見せようとする顔を見るとき、わたしたちは慎重にならなくてはいけない。

ロジャーはふいに立ちあがり、ポーチを歩きまわった。声が大きく朗らかになっていた。直前の緊張感は消えていた。脱ぎ捨てられたコートのように。

タミーもハルも、考え方がすごく新しいだろう。きみには合ってるんじゃないかと思ってね。町のみんなも、きみはタミーと気が合うんじゃないかと言ってたよ。ほら、タミーは……なんというか、あのとおりだからね。むかしは、ふたりにも子どもがいたんだ。もちろん養子だが。だって——いや——とにかく、悲しいいきさつがあって、それ以来ふたりは犬や鶏を飼うようになった。クジャクも飼ってたんじゃないかな。いや、勘違いだったかな。それで、みんなもきみやネルソンがふたりと会うのはいいことなんじゃないかと思ってね。夕食がすんだらヒルダとスティーヴンの家に送っていこう――そう、そういうことになったんだ。きみは今後もあの家で過ごす……みんなで話しあって、それが一番だということになった。一貫性を保つというか、まあそういうことだ。

タミーがポーチに出てきて、煙草に火をつけた。エプロンをつけ、髪は青いバンダナでまとめていた。ロジャー、なにか――。タミーは言いかけて窓を振りかえり、ロジャーのほうへかがみこんで、声をひそめて続けた。なにか、ネルソンが食べられないものは？　あの子に聞いてもいまいちはっきり答えないんだよ。あの子たちの食事には、なにか決まりがあったような気がしたんだけど――ちがう？　コーシャ〔ユダヤ教の食物に関する規定〕みたいな決まりがあっただろう――あれはなんていうんだった？

いや、あの子はいまのところなんでも食べる。ここへ来てそれなりに長いし、ぼくが電話で問い合わせたときも、説明は特になかった。

タミーはうなずいて上半身を起こし、煙草を目に見えて短くなるほど深々と吸った。そうかい。じゃ、よかった。今夜はフライド・ポークチョップだからね。食べ物の決まりのことなんか考えもしなかったよ。さっき、うちへ入ってきたあの子を見て、しまったと思ったんだけど――聞くのをすっかり忘れてたもんだから。いやになるよ。

三人でなかへ入ると、ハルとネルソンはテレビを観ていた。ネルソンは一人掛けのソファにすわって柔らかい肘掛けをつかみ、ハルはパイプをふかしていた。テレビにはインタビューを受けている十代の女の子が映っていた。女の子の顔がくしゃくしゃに歪んで涙がこぼれ、口を開きかけたと思うと、またくしゃくしゃに歪んだ。画面の下にはテロップが出ていた――オルモス郡の危機。

こんな時はテレビなんか切ったらどうだい。タミーはキッチンへ向かいながら声をあげた。どう？

そうだな。ハルは少し迷って立ちあがり、リモコンをテレビに向けた。部屋が重い静寂に包まれた。

レコードをかけなよ――ほら、音楽を流そう。タミーがキッチンから言った。ハルはだまって壁に向かい、パイプを歯でくわえると、両手を使ってスリーブからレコードを引きぬいた。

やめようとは思ってるんだが。ハルはパイプをくわえたまま言った。夕食前くらいは。だが、どうにもこうにも――パイプを口から離し、レコードに針を落とす――最近は妙なことばかり起こるもんだから――女性の歌声が流れ出した――バーベキューみたいに煙を吐いてないとやってられん。

ロジャーはなにか言いかけてやめ、はじめから言いなおし、また言いよどんだ。どうかな。だけど、ぼくとしては――いや……ちがうな……いや、いいんだ。

この時期は――悪ってもののことを四六時中考えちまって――

ああ、わかるよ。ロジャーが言った。

それはさておき、おれもタミーも禁煙しようとしてたんだ。先週は吸う量を一週間かけて減らしていこうと決めて、計画まで立てた。だが――無理だな。禁煙なんかできたためしがない。いや、本当はしたくないんだろうな。どうも最近はなにひとつうまくいかない。

ロジャーはうなずき、膝に置いた両手に目を落とした。ネルソンは部屋を見まわし、ある一角に目をこらして、また別の一角に目をこらした。

それに、毎年この時期は、土曜日のあれがだんだん近づいてきて……事件がこの町じゃなくてオルモスで起きたことも、つい、よかったと思ってしまうというか――そんなふうに思うのはひどいんだが。ハルは天井のファンを見上げ、パイプを口から離して顔をしかめた。**他人が苦しんでるのを喜んでるんだからな。自分は安全だからって。**

わたしは片手でもう片方の手を握り、関節が当たる、普段なら気にもしない場所に触れた。タミーがわたしたちをダイニングに呼び、それぞれにすわる席を割り当てた。ハルが食前の短い祈りを唱えるとわたしたちは食べはじめ、テーブルは静かになった。やがて、タミーが口を開いた。**いいじゃないか。あんたたちふたりが友だちになるなんて。見てるだけでうれしいね。ほんとによかったよ。**

まあ。ネルソンが言った。**たしかに。**電車が轟々と音を立てて通りすぎていき、どこかからクモが一匹あらわれた。タミーはコップと新聞紙でクモを捕まえると、外へ放しにいった。

いつもああなんだ。ハルが言った。遠ざかっていく電車の遠吠えのような音が聞こえていた。**あやって虫を逃してやる。**ハルは首を振った。**逃したってどうせまたもどってくるんだが、いくら言っても聞く耳持たないね。**

夕食が終わると、ネルソンとわたしはアイスクリームのボウルとトランプを渡され、裏のポーチで好きに過ごすようにと言われた。裏口のドアが閉まると、ネルソンはポケットから金属のスキットルを取りだし、中身を長々と飲んでからアイスクリームに少しかけ、わたしにスキットルを渡した。

　スキットルは体温で温まっていたが、わたしは――悲鳴を押し殺して――自分もウイスキーを長々と飲み、アイスクリームにかけた。ネルソンがしていたように。淡い茶色の最後の数滴がアイスクリームの上に降りかかった。流しに落ちる、錆びの混じった水のようだった。

これ、どこで手に入れてると思う？　このウイスキー。

　わたしは首を横に振った。

ブッチだよ。切らさないように気をつけてるよ。おれは謝罪のかわりだと思ってる。ブッチもおれもキティには我慢してるから。キティにはママと呼べって言われてるけど、呼ぶわけない。一度、「おれの母親は死にました」って言ってやったら、わあわあ泣きだして、ブッチに泣くなって言われてたよ。おれも言ってやった。あなたはおれの母親のことなんか知りませんよね、知りもしない人のことでどうして泣いたりできるんですかって。そしたらあの人、もっと激しく泣いて、それから怒っておれに詰めよってきた。ブッチはキティを二階へ行かせて、それからこれをくれるようになった。よく知らないけど、バーボンだよな。まあそれはともかく、今日の昼、キティに言われたんだ。新しいお友だちに会いに行くのよって。だから、「だれですか？」って聞いた。そしたら、「ピュウよ。お友だちでしょう」だとさ。でも、おれたち――悪く取るなよ――友だちじゃないよな。おれはそう思えない。だって、おまえのことはよく知らない。おまえもおれのことはよく知らない。だから、キティにそう言ってやった。「なんでピュウがおれの友だちなんですか？　あいつのことなんかろくに知らないのに」。そしたら、町のみんなでピュウを歓迎してあげなくちゃいけ

ないんだとか、どっちにしてもあなたたちには共通点がたくさんあるはずだとか、そんなことを言ってた。だからおれ、聞いたんだ。「ふたりとも肌が茶色いからですか?」って。茶色けりゃ似たようなものだと思ってんだろ。そしたら、どうしたと思う? 笑いやがった。おれの質問には答えもしなかった。ただ笑ったんだ。だけど、こうしておまえを見ると――なんでかな――このあいだより、肌の色が濃くなったような気がする。おかしいな……まあ、どうでもいいか。おれにはどうでもいい。どうだっていいよ。

ネルソンはカードを三つの山に分けていった。ひとつはわたしの分。ひとつは自分の分。もうひとつは真ん中に置いた。別に嫌だって言ってるわけじゃないぞ。おまえを嫌ってるわけじゃない。ただ、おまえとつるむとかつるまないとか、そういうことはどうでもいいんだよ――だいたい、おれたち共通点なんかないだろ、実際。よく考えると。ここじゃよそ者だってことくらいで。

ネルソンは、わたしたちのあいだにキングのカードを一枚置いた。ふたつの頭。四つの手。ひとりのキング。これ、適当だからな――トランプのやり方なんか知らないんだ。そっちもだろ?

わたしはうなずいた。

だと思った。わたしたちは、カードを別のカードに重ねた。二枚組で重ね、一枚で重ねた。カードを取り、捨て、並べ、混ぜ、まとめて切った。そんな風にして一時間が過ぎた。ネルソンはブーツのなかから二本目のスキットルを取りだした。わたしたちはウイスキーを飲み、飲みほした。わたしは夜のなかへ溶けていった。

わたしたちは思いがけず新しいゲームを作りだしたようだった。すべてのルールが暗黙のうちに決まっていた。どちらも同じだけ勝ち、同じだけ負けた。わたしたちはしばらくゲームを続けた。電車が近づいてくると、テーブルの上のカードを手のひらで押さえて強い風から守った。どういうわけか、わたしたちはこのゲームを理解していた。このゲームがなにを意味しているのか。なんのためのゲームなのか。

このあいだ、夢を見た。ネルソンが言った。**夢の話、聞きたいか？**

ネルソンはカードをまとめて切ると、わたしの顔を見ずにもう一度配りはじめた。ふと手を止め、わたしの顔を見た。

ほら、夢の話ってふつうは聞きたくないもんだろ。おまえもそうか？　人の夢の話なんか退屈だと思うか？

いや。

おれもだ――おもしろい夢の話なら退屈なんかじゃない。で――こないだの夢は、自分が出てこないタイプのやつだった。ほかのやつらに起こってることを外から見てるタイプの夢だ。会議かなにかが開かれてて、科学者とか哲学者とかがいっぱいいて、演説をしてる――たぶん、それがおれの想像する大学ってやつなんだと思う。専門家がたくさんいてさ。で、そこに、自分の体を馬の体に作りかえようって決めた女の人がいた。なんていうか――その人は、自分を馬に変えれば、それで初めて幸せになれるって考えたんだ。それで、自分を動物に変えるための薬とか手術のやり方とかを一生かけて研究して、少しずつ馬に変わっていった。その会議で……はじめてその人は、馬になった姿でみんなの前に登場することになってた。だけど、手術の関係でまずは赤ん坊の馬にならなくちゃいけないんだ。だから皮膚が透明で――生まれたての馬って見たことあるか？

わたしは首を横に振った。

その人は、まじで生まれたての馬みたいだった。はやく生まれすぎた仔馬って感じで、まだ歩くこともできないから、手押し車に乗って出てきたんだ。言葉も話せないんだけど、自分の考えを音声にする機械を発明してて、それを使って自分の体にやったことについて講義をした。それで、今度は別の動物に変わるかもしれない、そのあとはまたちがう動物になる、それがいつまでも長く生きるための方法なんだって話してた――その人は、なぜかおれにはわかってたんだけど、六十歳とか七十歳とかそれくらいだった。めちゃくちゃ年寄りってことだ。その人のやったことがすごく話題になってるってことも、おれにはわかってた。その人には自分を馬に変える権利なんかないって考えてる連中もいた。だけど、会議にいる人たちは静かに女の人の話を聞いてたよ。声はスピーカーみたいなものから聞こえてくるんだ……手押し車から突き出たスピーカーから。

ネルソンはクラブの十をカードの山の上に置き、なにか考えこんでいるのか、しばらく話すのをやめた。わたしたちはまた、カードを重ね、取り、捨てた。

その夢のことが頭から離れない。別にいいんだ。変な夢を見たってだけだからな。でも、あの女の人のことが頭から離れないし、それに――なんていうか、あの人が正しくてほかのやつらが間違ってるんじゃないかって、ずっとそんな気がしてる。なんで夢の話なんかはじめたんだっけ――忘れたよ。トランプに集中してたせいかもな。ロジャーが言うには、夢に出てくることは全部自分のことらしい――登場人物は全員自分で、そいつらが会話をしてるんだって。でも――どうだろうな。

まあ、どうでもいいか。

沈黙が続いた。わたしたちが作りだしたゲームのその回はネルソンの勝ちだった。

おもしろい夢だと思っただけなんだ。ネルソンが言った。**おもしろいっていうか、くだらないっていうか。夢を見たのはひと月くらい前だから、おまえがここへ来るずっと前だよ。一応言っとくけど。だから、別におまえのことじゃない。おまえの正体なんかなんだっていいよ。おれは気にしない。**

ロジャーはわたしたちを車に乗せてタミーとハルの家を出発し、暗い車道を走り、開けた空き地をまわりこんでいった。月が出ていた。いつもと同じ月が、うすい雲のむこうにかすんでいた。ネルソンはなにもいわずに車を降り、小さな歩幅で時間をかけて歩いていった。そして、自分を囚える怪物のように巨大な屋敷に入っていった。わたしはその様子をながめていた。つぎはいつネルソンに会うのかもわからなかった。ロジャーがネルソンの背中に向かってなにか叫んだ。ありがとう、だったかもしれないし、気をつけて、だったかもしれない。ネルソンは片腕をあげた――追い払うように。別れを告げるように。

ヒルダとスティーヴンの家につくと、ロジャーはわたしに向きなおり、適切な言葉を探して言いよどんだ。わたしの肩に手をのばしかけ、宙に浮いた手を助手席のはしに置いた。**まあ……うん、ぼくは最後には丸くおさまると信じてるよ。**

スティーヴンはポーチにすわり、銀色の缶に入ったなにかを飲んでいた。わたしが階段を上っていくと立ちあがり、玄関のドアを開けてどなった――

ヒルダ!

わたしは階段の途中で足を止めた。そのまま動かなかった。家のなかから足音が近づいてきた。

とりあえず、なかに入りなさい。スティーヴンがわたしを振りかえって言った。**これからヒルダと少し話すが、きみにも寝る前に話がある。冷たいものが飲みたければキッチンへ行きなさい。**

わたしはキッチンの蛇口に口をつけて生ぬるい水を飲み、オウムのいる部屋へ行った。オウムはかごのすみで背中を丸め、人の体毛が寒いところで逆立つときのように、羽根を逆立てていた。わたしは鳥かごのそばのソファにすわり、窓から外をながめた。暗闇に沈んだ植物のひとつひとつに目をこらした。

神の王国は汝らのうちにあり——オウムが言った。**神の王国は汝らのうちにあり。汝ら。汝ら。クソ野郎。クソ野郎。神の王国は。**

部屋のはしから、小さく笑う声が聞こえた。

なにしたんだよ。そいつ、めちゃくちゃキレてるけど。ジャックが言った。白い歯ののぞく笑顔が、電気をつけていない部屋のむこうにかすかにみえた。

クソ野郎。オウムが言った。**クソ野郎。クソ野郎。神の王国。神の王国。**

ジャックは笑いながら立ちあがり、鳥かごに近づいた。かごを開けてオウムをつかみ、肩にのせてわたしを見下ろした。ジャックが口を開くのと同時に、玄関のドアが開いてスティーヴンのどなり声が聞こえた——

ジャック、はやく寝ろ。何度言えば——

父さんがチャックの餌やりを忘れてたんだろ。だから、ぼくがいま餌をやってるんだよ。腹をすかせて――

スティーヴンは、荒い足音を立てて部屋に入ってきた。ジャックの肩にとまっていたオウムをつかみ、投げこむようにして鳥かごのなかへもどした。オウムはかごのなかを飛びまわりながら話しつづけた。元気です、あなたは？　元気です、あなたは？

五分以内にベッドに入っていなかったら、とスティーヴンが言った。その時は覚悟しろ。

ジャックは黙った。もう笑ってはいなかった。廊下を歩いていき、乱暴に部屋のドアを閉めた。

ポーチに来なさい。ヒルダとわたしから少し話がある。スティーヴンは粒餌をひとつかみ取り、投げつけるように鳥かごのなかへまいた。

ポーチにすわると、わたしは、通りのむこうの高い街灯に蛾が群がっているのをながめた。蛾はポーチを囲む網戸にもむなしく張りついていた。網戸はスティーヴンとヒルダとわたしを蛾の群れからへだてていた。

好きなだけうちにいてくれと言ったことがあるだろう。あれは本心だったし、いまも心からそう思っている。スティーヴンが話しはじめた。ヒルダがうなずいた。

そう、本心よ。

わたしたちもいまだに決めかねていてね。祭りの日にきみをどうすべきか。祭りの話は覚えてるかな。

わたしはうなずいたが、頭のなかではまだネルソンの夢のことを考えていた。人の体は定型でなくてはならない。そう考えられているのはなぜだろう。人の体のなにがそれほど重要なのだろう。人の精神や歴史や記憶や思考は、馬の体のなかでも生きられるのだろうか。それが可能だとして、その生き物は人間だろうか馬だろうか。人間の体と馬の体とで、その生き物の生は、どう変化するのだろう。

スティーヴンもわたしもいろんな人に相談したのよ。あなたをお祭りに出席させるべきか……出席はいいとして、参加させていいものかどうか。言ったでしょう――このお祭りは内々でやるものだし、あなたには理解できないんじゃないかって心配しているの。理解できないどころか……もしかすると――

いや、子どもたちには、数年がかりで祭りのことを教えるからね。スティーヴンが言った。段階を踏んで慣れさせる。

そう。ヒルダは頼りない声で言った。ひとり言をつぶやいているようにも聞こえた。わたしたちにもわからないのよ……もし、もし、なんの準備もしないであのお祭りを体験したら、どうなるのか。

わたしは、体験すれば理解できると思っている。スティーヴンが言った。なにがあろうと、祭りが終わればきっと理解できる。事前の説明をどれくらいするべきか。これについては、はっきりと決まっているわけじゃないからね。言葉で説明すると……言葉で説明してしまうと、あの祭りは……不必要に異常なものに聞こえてしまう。

ほんとに、すごく普通のお祭りなのよ。ヒルダが言った。とても意義のあるお祭りなの。

そのとおり。

どっちみち、土曜日までまだ時間があるから。前にも言ったけど、いまはなにも心配しなくていいの。

心の準備をしておいてほしいだけなんだ。

明日、キティとブッチのお宅で――ほら、ネルソンのおうちで――前祝いのパーティーがあるの。平日だから子どもたちは行かないんだけど、みんながどうしてもあなたに会いたいって言ってるのよ。

ああ。コミュニティとしては、きみがこの先の人生を前向きに生きられるように、打てる手はすべて打ちたいと本心から望んでいる。この町の一員になるにせよ、ちがうところへ行くにせよ。きみには、ここよりも合っていて、もっと落ちつける場所があるかもしれないからな。

パーティーって言ってもささやかな集まりよ。おなじ教会の人たちで集まって話をするだけ。気楽な会で、大がかりなものなんかじゃないの。ただ、一度集まったほうがいいんじゃないかってことになってね。意見をすり合わせたり、知恵を出しあったり、そんな感じの会よ。

好きなだけいていいという約束はもちろん覚えている。わたしたちも適当に言ったわけじゃない。だが、かならずしも、うちで暮らし続けなくてはならないということでもないのかもしれない。きみがよそへ行くなら幸運を祈っているよ。どこへ行こうと。

ええ……そのとおり。ヒルダは控え目な賛成を表して小さくうなずいた。

きみが本当によそへ行ったとしても、追いだされたわけではないんだからな。それだけはわかっていてほしい。きみにとってなにが最良なのか、大事なのはそれだけなんだ。なにが最良だという結論に至ったのか。

ヒルダは、はじめて見るようなつらそうな顔でうつむいていた。

よし。スティーヴンは言った。わたしたちももう寝よう。

わたしたちは家のなかへ入った。屋根裏部屋の階段の一番上についたとき、スティーヴンの声が聞こえたので振りかえった。口をきいてほしい。わたしたちの望みはそれだけなんだが。頼むから口をきいてくれ。頼むから。

階段のドアが閉まり、鍵がかけられる音がした。

木曜日

小さな円窓の前にすわって木の枝を眺めていると、屋根裏部屋へつづくドアの鍵が開けられる音がして、だれかが階段を上ってきた。ヒルダが顔をのぞかせ、ゆっくり近づいてきた。

その、わたしも迷ったんだけど――そう……近所に住む方が、日曜日からずっとあなたに会いたがってるのよ。町の人との交流はもう十分だと思ったから、時間がないかもしれませんって伝えたんだけど……どうしてもっておっしゃって。ほかの人ならわたしも強く言えたんだけど、カーチャーさんはすごく物静かな方で、いつもなら無理を言ったりしないの。お嬢さんがヒンドマン家の方と結婚したから、退職したあとこの町に引っ越してきて――以前どちらにいらっしゃったかは覚えてないけど。本当に感じのいいご近所さんよ。去年、むこうの森に自然遊歩道を作ってくれたの。あなたと一緒にそこを散歩したいんですって。無理にとは言わないけど、気が向けばどうかしら。カーチャーさんはもう玄関にいらっしゃってるし、わたしたちが出掛けるのはお昼を食べたあとだから。

カーチャー氏は帽子を持ってポーチに立っていた。

今朝は涼しいね。カーチャー氏は言った。めずらしいくらいだ。だが、すぐにまた暑くなる。だから、近くの小さい森まで散歩しようと思ってね。一緒にどうかな。

わたしはうなずき、カーチャー氏のあとからついていった。カーチャー氏は、通りの端にある薄暗い松の木立へ向かって、歩道を歩いていった。ふたりとも喋らなかった。時々カーチャー氏がなにか言いかける気配がしたが、言葉が出てくる前にまた口を閉じた。

木立の松はひょろ長く、まばらに生えていた。木々のあいだには踏み固められたような小道が延びていた。道順を示す白い矢印の書かれた石が、短い間隔をおいて置かれていた。

やあ。カーチャー氏はそう言いながら、かがみこんで緑色の苔をなでた。苔を見るカーチャー氏のまなざしは、乳母車で眠る幼児や赤ん坊を見る人のまなざしとよく似ていた。体の大きい者たちが守ってやる必要のある、やわらかな体の者たち。**さようなら。**さっきと同じ、真剣でしずかな声だった。カーチャー氏が立ちあがり、わたしたちはまた歩きはじめた。

わたしの住んでいたところには森がたくさんあって、たくさんの人がハイキングをしていた。この町はそうでもない——ここの人たちは森へ行くかわりに教会へ行く。だから、わたしたちが森に感謝を伝えなくてはいけないよ。

わたしたちは歩き、ゆっくりとしずかに土を踏みしめた。小道を少しそれたところの水たまりで黒い鳥が水浴びをしていた。わたしたちが近づいていくと、鳥はカーチャー氏のほうを向いてさえずり、森の奥へ飛んでいった。わたしたちは小高い丘をのぼった。頂上に着いたとき、陽射しの向きが変わり、世界をより寒々しく鮮明に照らしだした。丘の上には丸太があり、カーチャー氏はそこに腰を下ろした。わたしも隣にすわった。丘の下から小川が流れる音が聞こえてきた。わたしたちは、水が石のあいだを流れていく音に、石が水に洗われる音に、耳をすました。風が吹き、消えていった。

そうして沈黙していると、ずっとむかしに失ったものを返してもらっているような気分がした。

カーチャー氏はわたしを見なかった。わたしもカーチャー氏を見なかった。見る必要はなかった。ずっと……混乱していてね。やがてカーチャー氏が口を開いた。娘のアヴァには、老いのせいだと言われる。たしかにわたしは年寄りだ。これも単なる自然の摂理なのかもしれない。もしかすると。だが、どうしてもこの混乱は年齢とは関係がないような気がする。

ここへ越してきたのは娘を愛しているからだ。わたしにはもうあの子しかいない。娘は結婚していてね。子どもも三人いる。夫は――夫の一族は全員この町の出身なんだ。どうやら、あの一家は――ヒンドマン家は、この町で非常に……人望があるらしい。あの家の人たちは――わたしにも親切ではあるんだが、あの人気ぶりには首をかしげてしまうよ。人気があるのは単に金持ちだからじゃないかと思ってしまう。町の人たちは、よく行列をつくってまでヒンドマン家のだれかと話そうとしているし、レストランには専用のテーブルが用意されているし、ひっきりなしになにかに招待されている。ありとあらゆる理事会に名を連ねている。それで、お仲間と一緒にほかの人たちのことを決めるんだ。わたしの預かりしらない一家の事情というものもあるんだろう。だが、わたしもここで暮らしはじめてもう長い……なんというか……いや、あの一族のことを悪くいうのはよしておこう。本当によくしてもらっているからね。少なくとも礼儀正しくはある。それに、アヴァ自身があの一家の一員になり、ヒンドマンの姓を名乗ることを選んだんだ。それなら、わたしは娘の選択を尊重しなくてはいけない。人には人の人生があり、決断がある。そもそも、人生は思いどおりにならないことの連続だ――どんなふうに死ぬのか、どんなふうに生まれるのか。生まれてから死ぬまでのあいだ、どんなふうに生きるのか――

カーチャー氏の話を聞いていると、ある記憶が、あるいはむかし見た夢の記憶が頭のなかによみがえった。秋の日の午後で、わたしはどこかの町の広場でベンチにすわっていた。広場には店が何軒か並んでいて、ある店のショーウィンドウには白いドレスが何着か並んでいた。スパンコール、レース、ひだ飾り。ドレスを着ているマネキンは首がなかった。広場は静かで、遠くの教会の鐘の音と、正時を知らせる時計のチャイムだけが聞こえた。ふいに、若い女性がドレス店から走りだしてきた。勢いよくドアが開き、数人の女性がその若い女性のあとを追った。若い女性は大きすぎる水色のスリップしか着ていなかった。そして、むせび泣きながら叫んだ――**こんなの嫌。もうやめたい、やめたいのよ。**ウールのワンピースを着て厚いタイツをはき、カーディガンのボタンを首元まで閉めた女たちが、若い女性を取りかこんだ。**風邪をひくよ。**ひとりが言った。**なかにもどりなさい。**若い女性は裸足で走り、女たちから逃れようとしたが逃げられなかった。**これ以上ひどいことなんてありえない。**若い女性は言った。**世界で一番ひどいことよ。**ところが、若い女性を取りかこんだ女たちは言った。**馬鹿言うんじゃないよ。ほらほら落ち着いて。はやくなかにもどってちょうだい。なかにもどりましょう。**やがて、若い女性は連れて行かれた。むせび泣きながら店のなかへ消えていった。

わたしは、カーチャー氏にこの話をしようかと考えた。だが、実際に目にした場面なのか、自分の想像なのか、それとも夢を見ただけなのかわからなかった。この話をする意味はないような気がした。わたしは、あの若い女性の記憶をもう一度頭の奥へもどした。カーチャー氏は言った。**だが、やり方を見つ**
娘がいなかったら、この町へ来ることもなかった。

けてからは、ここでの暮らしもまずまずのものになってきたよ。わたしにはこの森がある。それに、車で少し行ったところに湖もある。だから、毎日のように森と湖に出かけるんだ。一日の大半はそこにいるよ。本を読みながら。

カーチャー氏は声を出さずに泣きはじめたが、すぐに悲しみをしまいこんだ。ハンカチをたたんでしまうときのように。それから、どこか困惑したような顔で地面に目を落とし、ほほえんだ。

何年も努力してきたんだが、娘がヒンドマン一家と同じ教会に入ったことをなかなか受け入れられなくてね。もちろん、あの子が教会に入ったのは自然な流れだった。ヒンドマンの息子と結婚したんだから。だが、以前の娘は神など信じていなかった。大学では哲学を学んでいて、毎年、休暇で帰ってくるたびに――そう、爆発した。ありとあらゆることを話したがり、ありとあらゆることを論理付けようとした。あの授業で読んだ本、この授業で読んだ本、すべてをわたしにも読ませようとした。書いたレポートのすべてを読ませてくれた。自分の内面にあるものと向きあって、それを突き詰めようとした――考え方も信条も。アヴァはそういう娘だった。

それから――正確にはいつからだったか……ここの教会に入ってしばらくしてからだったと思うが、もしかすると、その前から兆候はあって、わたしが気づいていなかっただけかもしれない。あんなにもあらゆることを知りたがっていた娘はいなくなった。以前のように本を読むこともなくなった。だが、わたしもそのことを口にしたりはしない。あの子の新しい生活にケチをつけるような真似はしたくないからね。アヴァはあの青年を選び、彼のためにここへ引っ越し、あの教会に入り、子どもを産み、夫と子どもたちを世話するためにずっと家にいる……もちろん、それだって立派なことだ。あの子は一人っ子だったから、子どもをたくさん持ちたいと考えるのも自然なことかもしれない――両親の失敗を正し、幼少期の寂しさを埋めようとしているのかもしれない。こんなふうにも思う。あの子にとっては、これが自分の母親と一緒にいる手段なのかもしれない。母親のことを思いだすために母親になったのかもしれない。

孫のひとりは死んだ妻に生き写しでね……それはもう、息をのむほどだ。もちろん、孫娘はまったく別の人間だ。人は蘇ったりしない。まあ、新しく生まれてきた者に亡くしただれかの面影を探してしまうのは自然なことだろう。だが、生きているだれかを失うというのは、どういうことだろうか。知っていたはずのだれかを見失い、目の前にいる当人のなかにもそのだれかは見当たらない――これはどんな喪失なんだろうか。

わたしは首を横に振った。カーチャー氏も首を振った。

最近、アヴァにまた議論をもちかけてみた。以前のアヴァは飽きもせずわたしと議論しようとした。まあ、われわれの意見が合うことはほとんどなかった――ああ、完全に意見が合ったことなんか一度もないんじゃないか。あの子は無神論者で、わたしはというと、無神論について聞かされるたびに自然の神秘を思わずにはいられなかった。この世にはなにか……もっと大きな意志が存在しているんじゃないか……人間の意志を超えたなにかが存在しているんじゃないか……アヴァは熱烈に反論したものだ。理論、理論、理論。あの子の口癖だったよ。我慢できない、と。「半端な不可知論者にも、思考停止の理神論者にも」。あの子の使う言葉ときたら！　だが、こんな話も本人の前ではできなくなった。

このあいだ、あの子が言ったんだ——このとおりに言った——「主の声を聞いたの。もう、神の存在を疑ったりしない」。わたしたちの議論はその言葉で完全に終わった。あの子が終わらせた。娘は議論などしたくないんだ。こちらには聞こえない声を相手が聞こえたと言い、相手もこちらには聞こえていないことをわかっていたとする。そうなれば、聞こえたと思いこんでいるその声は幻聴なのだと伝えることは、もう不可能なんだ。相手に聞こえているのはなにかを聞きたいという本人の欲求で、そして欲求はいつもだれより声高に話す。声高で口のうまい感情——それが欲求だからね。

カーチャー氏の声は、松林のなかへ、小川のなかへ、土と石のなかへ消えていった。両手を、手のひらを上にしてひざに置いていた。顔は上を向いていた。やがて、カーチャー氏は力なく開いていた口を閉じた。

いつも思っていた——年を取ると以前にも増してそう思えてくるんだが、他人に親切にするとき、その時点でわたしたちはすでに報われている。瞬間的に、報われたのだと感じる。信仰によって叶うことは、わたしにはひとつしかないように思える。人を傷つける権利を手に入れることだよ——神を信じるというのは、来世こそ真実の世界であって現世はかりそめのものだと信じることだからね。他人から奪うには耳障りのいい言い訳がいる。暴力を振るうには。それを与えるのが信仰だ。信仰は残虐性の手綱になる……。

カーチャー氏は立ちあがり、周囲を見回した。自分がどこにいるのか、いまになって思いだしたようにも見えた。泣いていたカーチャー氏は、その瞬間にいなくなった。こんなに長く付き合わせてしまって悪かったね。カーチャー氏は、もう一度まわりを見回した。ここがどこなのか急にわからなくなったように。いつもはこんなに長話をしたりしないいんだが。ポケットに両手を入れ、また出した。話すべきことは、本当はとても少ないいんだから。

カーチャー氏とわたしがもどったとき、ヒルダはポーチにいた。空気はすでにじっとりと重く湿っていた。どこか近くの家から芝刈り機の音が聞こえていた。

ほかにもわたしに出来ることがあればよかったんだが。カーチャー氏は言った。**なにか助けになれることがあればよかったんだが。**そう言って小さく首を振ったが、わたしにはその意図がわからなかった。

散歩は楽しかった？ヒルダが言った。

ヒルダはまぶしそうな顔でカーチャー氏を見送り、大きく手を振った。カーチャー氏は、通りのむこうから肩越しにこちらを見た。

ありがとう、カーチャーさん！ヒルダは大声で言った。**いい一日を！**

ああ。おふたりさんも。

ブッチとキティの家には行きます？

カーチャー氏は少し立ちどまり、足元に目を落とした。**いや、行きません。**

わかりました。じゃあ、また。大きな、こわばった声だった。石のように。

ええ、また。

昼の光のなかで、キティたちの屋敷は以前にもまして巨大に見えた。裁判所のようだった。通りの両わきには車やトラックが何台も駐車してあった。わたしたちは屋敷を横目に見ながら通りを歩いていき、通用門からなかへ入って石畳の小路をたどっていった。空をつかまえようと枝を張った木の前を通りすぎ、暑さにあえぐ花々のそばを通った。

ヒルダがガラスのドアをノックすると、キティがわたしたちを出迎えた。屋敷のなかは話し声や物音であふれていた。キティはヒルダと少し話し、それからわたしに向きなおった――

ネルソンがあなたの話し相手になれたらよかったんだけど。でも、今日は学校があるのよ。あの子だけ早退させたら、ほかの子たちが怒るでしょう――わたしたち、ネルソンをひいきしたり特別あつかいしたりしないようにしてるの。みんな平等にしなくちゃね。

わたしは、アイスティーのコップと、キッチンのすみの小さな椅子をあてがわれた。数人の女性がオーヴンになにかを入れ、オーヴンからなにかを出し、重そうな大皿になにかを並べ、包丁でなにかをスライスしていた。キッチンには、このあいだわたしに話しかけてきた女性もいた。白いエプロンは糊がかかって染みひとつなく、黒髪はあの日と同じようにきつく結われ、あれからいままで彼女の身辺ではなにひとつ起こらず、なにひとつ変わらなかったかのように見えた。彼女が自在戸を開けて足早に出ていくと、一瞬、となりの部屋の話し声が波のように漂ってきた。

お葬式にでもいるような気分なんだけど、どうして？　キッチンにいるひとりの女性が、別の女性に言った。

ええ、ほんと。みんなそうよ。やっぱり……ほら、お祭りの直前ってそういう気分になるものだから。そうでしょ？

ゆうべはジミー・リーの車が壊されたそうね。今週はカールトン家のガレージから子どもたちの自転車が盗まれたみたいよ。別の女性が大皿にハムを並べながら言った。

本当？　ヒルダが言った。

四台も盗まれたって。お祭りは今週の土曜日だってこと、つい忘れちゃう。女性はハムの大皿に話しかけているように見えた。

キッチンのむこうのすみでは、清潔なピンクのワンピースを着て白いリボンをつけた子どもが、おもちゃのキッチンで忙しそうにしていた――なにかを小さなオーヴンから出してはまたもどし、プラスチックの食べ物をプラスチックの皿に並べている。べつのすみに置かれた小型のテレビから、くぐもった声が流れていた。

時々ね、キティがキッチンにいる全員に聞こえるような声で言った。なんだか――テレビをずっと見張っていれば、悪いことが起きないんじゃないかって気持ちになるの。わかる？　なんていうか、火にかけたお鍋が吹きこぼれないように見張ってるような感じ。でも、それとは正反対の感じがすることもあるの――もうすぐ悪いことが起こるんだって確信があって、それがなんなのか早く知りたいような感じね。

その感じ、わかるわ。別の女性が言い、ほかの女性もうなずいて、ええ、よくわかる、と口々に言った。
グレンデール老人ホームのおばあさんたちが、ピュウのことをなんて言ってるか聞いた？　ある女性がほかの女性たちにたずねた。あの男の子は大天使なんじゃないか、って。びっくりでしょう？

キッチンがたちまち騒がしくなった――びっくりね――でもわたし、ピュウは女の子だと思ってるのよ――

――シーッ――賭けまでしてるみたいよ――

でも、絶対にあり得ないわけでもないでしょう？　あざやかなピンク色のハムを薄く切りわけている女性が言った。聖書のなかでは起こったことよ。聖書のなかじゃ珍しいことでもないんだから。

まあね。キティは咳ばらいをして、別の女性に目配せをした。女性は眉をあげ、唇の両はしを上げて奇妙な笑顔を作った。そうかもしれないわね。キティは言った。ハムを並べている女性のほうは一度も振り返らなかった。

一瞬、となりの部屋がしんと静かになり、熱せられたオーヴンの苦しげなうめき声が聞こえた。ハムを並べている女性は、エンジンを調べている修理工のような目つきでわたしを見ていた。蓄積してきた知識を静かに検討しているような目つきだった。キッチンに立つのって楽しいわね。キティが言った。お料理なんてめったにしないけど、料理人はクビにしてみんなを毎晩招待しようかな

――楽しそうじゃない？

部屋のむこうで、なにかが崩れる小さな音がした。音がしたほうを見ると、おもちゃのキッチンで遊んでいた子どもが床に寝そべり、散らばった積み木のあいだで満面の笑みを浮かべていた。

ジル！　ワンピースがしわくちゃじゃないの。キティが子どもに駆けより、抱きあげて床に立たせた。お客さんがいるのよ。教会の方たちがおそろいでいらっしゃってるし、もう一度アイロンをかける時間なんてないの。だから、みんなにしわくちゃのワンピースを見られちゃうわよ。

おそろいって？　ジルが言った。

お客さんがいらっしゃるときはどうするんだった？　ママはなんて言った？

おぎょうぎよくする。

そのとおり。それから？

きちんとする。

しわくちゃのワンピースは、きちんとした格好だと思う？

ジルは体をゆらし、悲しみをうっすらと顔に浮かべてうつむいた。

きちんとした格好だと思う？

ううん。子どもは言った。窓の外から聞こえる鳥のさえずりのように小さな声だった。

あなた、しわくちゃのワンピースをみなさんに見られるのよ。どう思われるかわかる？

ジルがわたしのほうを見た。ガラス鐘のなかにいるような目つきで。

隣の部屋に連れていかれると、話し声がやみ、あちこちから咳ばらいの音が聞こえてきた。わたしは下をむいていたが、無遠慮な視線とためらいがちな視線の両方を感じた。

壁際にはソファが三台と肘掛け椅子がいくつか寄せてあり、部屋の中央には折りたたみ椅子が何脚も並んでいた。椅子のほとんどが、料理を盛った小皿をひざや手にのせた人々で埋まっていた。

髪を高く結いあげた女性が、料理——パイがふた切れ、分厚いサンドイッチがひと切れ、乱雑に盛られた果物——があふれそうになった皿をわたしに差しだし、シダ植物の大きな鉢植えのほうを指さした。わたしは鉢植えのとなりの席にすわった。部屋のむこうに目をやると、ひとりの男性が、かつて鳥だったものの脚をあぶったものを念入りに咀嚼していた。

キティが一番前の席から立ちあがり、空のワイングラスをナイフで叩いて鳴らした。

本日は、急なお呼び立てにもかかわらず、お集まりくださってありがとうございます。この集会を開くにあたっては、少し——ええ、今後どうすべきかという点において、意見の食い違いは少しありました。でも、まずはお礼を申し上げたいと思います。わたしたちを信頼し、コミュニティとして対処する機会を作ってくださって、ありがとうございます。はじめにハロルド・グリムショウさんにお話をお願いいたします。

うすい灰色のスーツを着た小柄な男性が立ちあがった。両手を組んで大きなこぶしを作り、胸に押しあてている。

みなさんのことはどなたもよく存じあげていますが、残念ながらまだお近づきになれていない方々にむけて自己紹介をさせていただきます。わたしの名前はハロルド・H・グリムショウ五世です。父はハロルド・H・グリムショウ四世で、祖父はハロルド・H・グリムショウ三世、曽祖父はハロルド・H・グリムショウ二世です。わたしたちは曽曽祖父のハロルド・H・グリムショウの名前を与えられました。曽曽祖父は、町の創建に携わり、鉄道を敷き、一時は市長も務めました。コミュニティの成長のため、様々に尽力した人物です。わたしたち一族は——グリムショウ家は——いまも変わらずわれらがコミュニティを信頼しています。これまでも、これからも。わたしたちは、コミュニティに尽くすべく日々努力を重ねているのです。

ハロルドは、部屋の一番前に作られたせまい空間を歩きはじめた。

さて、わたし自身の話にうつりましょう。わたしのことはどんなことであれ教えてさしあげます。隠すべきことはなにひとつないのですから。どの大学へ行き、なにを専攻し、どこへ旅行に行ったのか、包み隠さずお話しいたしましょう。はじめてバーディー・リーに会ったときのことも、どんなふうに彼女にプロポーズをしたのかも、彼女がわたしの妻になった日のことも。子どもたちのことも。わたしの信者席は教会の西側五列目にあって、毎週日曜日にはかならずそこにすわってきました。例外といえば、体調を崩した時と子どもたちが産まれた日だけです。子どもたちは全員日曜日に産まれたんですよ。たいしたものでしょう？

アーメン。だれかが叫んだ。

わたしは相手がどんな方であれスケジュール帳をお見せできますし、どの日にだれと会い、どんな案件を担当したのかお話しできます。一日一日をどんなふうに過ごしていたのか説明することもできます。ええ、よろこんで——よろこんで、コミュニティのどなたかがお望みとあれば、わたしの個人的な情報を教えましょう。これもひとえに、わたしがこの町を愛し、みなさんを信頼し、隠すべきことがひとつもないからです。

部屋の後方にいた大柄な男性が、いいぞ、ハリー！　とどなった。部屋にいる人々がいっせいに拍手をした。ある者は口笛を吹き、ある者は手を叩き、突然わたしは、自分は現実の場所にいて、現実のものに触れているのだと感じた。この部屋も、人々の感情も、現実のものなのだ。全員が全員のことを知っていて、全員が全員とつながっている。彼らをひとつに——大きなひとつの存在に——結びつけている確実さ、明白さ、本物の喜び、一緒に過ごしてきた時間を圧縮した重み、部屋に流れる数千年もの時間、それらはひとつになり、絡みあい、彼らのあいだの距離を消失させ、そこには孤独も孤立も入りこむ隙はない。人間は、ここまで強くひとつの場所に属していたいと願うことができる。このとき、わたしにはそのことがはっきりとわかった。

わたしは自分のコミュニティを心から信頼し、敬意を払っています。だからこそ、すべてをみなさんと分かち合いたいと思うのです。このコミュニティは信頼と愛情に値すると思っています。もちろん、コミュニティの外にいる人々のことも忘れずにいたいとは思います。居場所がなく、困っている人たちのことも大切に思っています。それでも、まず守るべきはコミュニティであり、子どもたちであり、家族なのです。なにをおいても。それが、父親としての、コミュニティの男としての務めですから。とはいえ、どんな人のことも分けへだてなく扱わなくてはいけません。そうでしょう？　だれにでも平等に接しなければ。公正でいなければ。

だからこそ、わたしたちには解決すべき問題があるのです。先日ここへ来たわれらが新しい友人、ピュウのことです。ピュウのことはもうご存知かもしれません。ピュウは発見されてからひと言も口をきいていません。信者席《ピュウ》という呼び名は、当該人物が教会に不法に侵入し、夜を明かしていたことにちなんだものです。さて、わたしたちはこの件をどう理解すればいいのでしょう？

何人かが、きしむ折りたたみ椅子の上で体勢を変えた。だれかが料理ののった皿を落とし、しばらく、急いで片付けをする人たちの控え目な物音が続いた。

この一件をどう理解すればいいのでしょう？　ハロルドがもう一度たずねた。だれも答えない。クラッカーを咀嚼する音や、小さな柔らかいケーキを口に入れる音が聞こえた。どこから来たのかとたずねても――ピュウは答えません。必要なものをたずねても――答えません。なにがあったのかとたずねても――彼は、いや、彼女は答えません。実のところ、ピュウが男性なのか女性なのか、何歳なのか、本当の名前はなんなのか、わたしたちにはまだわかっていないのです。ピュウを探している人がいるのかどうかもわかりません――そして、なにをたずねようと、答えは一度も返ってこないのです。しかも、ピュウの血筋、彼の国籍、あるいは彼女の人種については、いまだ共通の見解がありません――ピュウの出身地を巡って話していると、わたしたちの意見はかならず食いちがうのです。これは厄介な問題です。そうでしょう？　個人的な意見を申しあげれば、われらが客人のような見た目の方には一度も会ったことがありません――

部屋の後方にいただれかが立ちあがって言った。ハリー、打ち合わせとちがうだろう。きみが話すことになってるのは――

ちょっと待ってくださいよ。これから話すところなんですから。ハロルドが言った。

ヒルダがハロルドにそっと近づき、なにか耳打ちした。

わかりました――わかりましたよ。台本通りにやれと言われてしまいました。やんちゃをすると女性陣に叱られるんですから。全員が笑った。部屋中が笑っていた。家具や床でさえも笑っているように見えた。

わたしが言いたいのは、タイミングが不自然だということなんです。オルモスで続いている混乱もあって、このところ、わたしたちは少しばかり神経をとがらせています。いや、そうするべきなんです。目を光らせておく必要があるんですから――なんであれ……普通ではないものには。そして、口をきかないということは明らかに普通ではありません。そうでしょう？　対話を拒否するということは。わたしは間違いなく話し好きな人間です。わたしの話し好きについてはみなさんもご存知でしょう。集まれば、だれでも話をします。わたしたちは色々なことを声に出して話しあいます。議論こそはこの国の文化なのですから。そうでしょう？　語ること。共有すること。もちろん、安易な結論に飛びつくつもりはありません。いや、なんにせよ結論を急ぐつもりはないんです。もちろん、個人的に思うところはありますが、司法があるのは故あってのことですからね。わたしたちだけで当該人物を裁くような、そんな恥知らずな真似はしたくありません。法の適正手続きというものがあるのですから。ですから、次なる段階として妥当なのは、この人物がなぜ沈黙を守るのか、その理由を検討することではないかと――

ハロルド。キティが壁際から声をかけ、小さく手を振った。打ち合わせで決めた議題にもどっていただけない？

例をひとつ出しましょう。みなさんも、グリーンヴィルでひとりの女児が見つかったニュースはご存知かもしれません。その児童は口がきけないようでしたが、警察にはなにがあったのか見当がつきました――女児が一定期間しゃべれなくなる場合、たいていは共通した原因によるものです。だれかに少々手荒な真似をされ、それで恐ろしくなってしゃべれなくなる。珍しいことじゃない。そういうことは得てして起こるものです。ところで、グリーンヴィルの人たちには、その子が七歳くらいの女の子であることも、まぎれもなくアメリカ人であることも、白人であることも明らかでした。彼女の書類も簡単に見つかったんです。出生証明書とガールスカウトで取った指紋を入手できました。ここでなにより重要な点は、女児の沈黙が――口がきけなかったことが――だれにも迷惑をかけなかったということでしょう。その児童がわざと問題を起こしたわけではないことは、誰の目にも明らかでした。なにかを隠そうとしているわけでもなかった。その子には後ろ暗いことなどなかったんです。グリーンヴィルの人たちは、児童を病院へ連れていき、そこで保護しました。数日後、とうとう女児は覚えていることを警察に話したんです。彼女の身に起こったことを――痛ましい話ですから、詳細をお伝えすることは控えておきますが。いま、その子は順調に回復しています。なぜだと思いますか？　話をしたからです。よくなりたいと本人が望んだからです。

わたしは両手に持った皿に目を落とした。パイからにじんだ黒いシロップが、サンドイッチのパンに染みていた。

こういった事件は枚挙に暇がありません――わたしは弁護士ですから、そうした事件の資料を大量に読まなくてはいけないんです――油断しているととんでもなく暗い気分になってしまいますから、こんな事件は普通のことではないのだと自分に言い聞かせるようにしています。ここにいるみなさんと同じように、わたしも、正義が勝つことを、善なる者が最後には勝つことを望んでいます。そのためには、個々人のことを知る必要があるのです。個々人が本当は何者なのか。

それこそが、わたしたちを文明人たらしめるものでしょう――われわれが何者か明らかにし、お互いに確認しあえることが！　だからこそ、わたしたちは物事を把握し、各々が各々の責任を負うことができるのです。だからこそ、自分たちがだれと関係があり、だれが自分たちと関係があるのか明確にできるのです。だからこそ、だれが自分の妻で、だれが隣人の妻なのか明確にできるのです……さもないと、うっかり……。

どっと笑いが起こり、張りつめた空気がゆるんだ。

怒らないでくれよ、バーディー・リー！　ハロルドはどなった。

人々は駆けまわる動物の群れのように笑った。

こうしてまた一緒に笑うというのは気持ちのいいものですね。そうでしょう？

ハロルドは部屋を見回してうなずいた。人々はうなずき、やがて笑い声は拍手に変わっていき、部屋の空気が――人と湿気でいっぱいの空気が――わたしの周りで波のように揺れうごいた。

ありがとう、ハロルド！　キティが言いながら、ワイングラスをナイフで軽く叩いて音を鳴らした。さあ、今度は、ピュウと過ごした方々にお話をしていただいて、これからどうするべきか、ご意見を伺いたいと思います。ヒルダ・ボナーに少し話していただきましょうか。ヒルダ、いい？

ええ。ヒルダは立ちあがり、ワンピースのしわをなでつけて髪を整えると、並みいる人々に向きなおった。両手を組んで胸に当てている。

ヒルダ、遠慮は無用だよ。ハロルドが大声で言った。

ええ。わたし、準備が――よくわかっていなかったみたいで……。ヒルダはキティのほうへかがんで、なにか耳打ちをした。キティがうなずいた。

失礼しました。ヒルダは言った。まずは、今日はお集まりいただいてありがとうございました。みなさんにお会いできて、とてもうれしく思っています。キティとブッチには、立派なお宅に招いてくれた感謝を。それから、軽食の支度を手伝ってくれた女性のみなさんにも感謝を。

拍手が弱い風のように通りすぎていった。ヒルダはうなずき、部屋をみまわし、ほほえみ、わたしに視線を向けた。その一瞬だけ、ヒルダの笑顔がかすかにゆがんだ。

わたしからは、起こったことをお話ししようと思います。ハロルドが少し話してくれましたけど――とにかく、日曜日に起こったことをお話しします。そうすれば、みなさんも状況を正しく把握できますし、今後のことも話しあえますから。

日曜日に自分たちの信者席へいくと、そこでこちらの若い方が眠っていました。わたしはどうすればいいかわからなくて――正直に言って、少しこわくなりました。状況が状況でしたから。でも、スティーヴンは落ちついていて――

見上げた男ですよ、あなたのご主人は。スティーヴン・ボナーは――ハロルドが言った。――実に見上げた男です。

ありがとう。それで――スティーヴンは決めたんです。いつもどおり席にすわってピュウが起きるのを待っていよう、起きたら息子たちと一緒に昼食に連れていこうって。わたしたちは決めたとおりにして、それからわたしとスティーヴンで話しあって決めたんです。こちらの、その、ピュウをしばらくうちに置いておこうって。というのも、息子のジャックは――

すばらしい少年ですよ。ハロルドが言った。三年間、ジャックのことはボーイスカウトで見てきましたから。たくましい、実に立派な少年です。

ありがとう。その――ジャックは屋根裏部屋をひとりで使うようになっていたので、あの子を弟たちとおなじ部屋にもどして、ピュウを屋根裏に泊めることにしました。その日の夜、牧師さんが夕食にいらっしゃいました。ピュウという呼び名を考えたのは牧師さんなんです。それで……うちの息子たちは、ピュウのことを家族の一員みたいに受け入れました。本当に、家族みたいに。だからこそ、わたしたちは悲しんだんです。ある夜、うちを抜けだそうとしているピュウを夫が見つけたものですから。あれだけいろいろと世話を焼いたあとのことですよ。その一件で不信感を抱くようになったのは確かです。それから、ええ、その翌日でした。ピュウがモンロー医療センターで検査を拒否したのは――

そうそう、モンローでなにがあったのか教えてください。ハロルドが言った。

ええ、水曜日の朝早くに、ピュウを車でモンローへ連れていきました。お医者さまたちも、検査をすることをちゃんとピュウに伝えたんです。それなのに、いざ検査をしようと検査室へ行くと、ピュウは指示を無視して紙のガウンに着替えていませんでした。

つまり、ハロルドが割って入った。はるばるモンロー医療センターまで送っていったというのに、検査を行うことさえできなかった、と。

ええ、そうです。

検査を行うことができなかったのは、ピュウが服を脱ごうとしなかったからだ、と。

ええ、そうです。

ピュウに検査が必要だと考えたのはなぜですか？

ええ、ひとつには、ピュウが健康かどうか確認したかったからです。彼女が――彼が――これまでどこにいたのかもわかりませんし、それに、それに……栄養状態だとか、そういうことに問題がないのかもわからなかったんです。だから、一番はピュウのためでした。もちろんです。ピュウが最後にお医者さまにかかったのはいつなのか、だれにもわからないんですから。ふたつ目には、ピュウがなにか……なんというか、伝染性のなにかにかかっていないかどうかも確かめたかったんです。

迷い犬を獣医のところに連れていくような感じですね。ハロルドが言った。予防接種を打つために。

いえ、まあ。ヒルダは言った。そういう風に考えていたわけではありませんけど、そんな感じだったのかもしれません。

部屋の中央にいたウィンズロー医師が立ちあがり、ヒルダは口をつぐんだ。

バディ。ハロルドが言った。なにか意見が？

ああ。細かいことなんだが、はっきりさせておきたくてね。検査を実施できなかったのは、もうひとつ理由がある――ピュウが協力を拒んだことも原因だが、うちは圧倒的に人手不足なんだ。非協力的な患者に対して使う器具もあるんだが、どれも院内のべつの場所で使用中だった。あの日の朝は特別に忙しくてね――祭りの前はいつもそうだが、この時期は心臓発作を起こした患者とか、事故にあった患者とかが大勢やってくる。だが、そもそも新しい設備や消耗品が不足しすぎているんだ。予算請求があまりに通らないもんだから、このところ、ベティは資金集めのイベントを検討してるよ――椅子取りゲームかラッフルくじか。だが、ひとつ明言しておきたい。こういう状況下にもかかわらず、モンロー医療センターは目覚ましい臨床的成功率を達成している。看護師のみなさんのことを――優秀な女性のみなさんを――誇りに思うよ。だから、どうか、われわれの仕事ぶりを誤解しないでいただきたい。わたしたちは立派に務めを果たしているんだ。

ええ、まさにおっしゃるとおり。ハロルドが言った。最高の病院だと思います。リハビリとトラウマ治療にかけてはこの州で一番ですよ。いえ、この国一番です。ヒルダが言った。

ぱらぱらと拍手が起こり、その数が増えていった。部屋中の人たちが歓声をあげて拍手喝采になり、しばらくすると飽きたように静かになった。

資金集めって、それもひとつの手なんじゃないかしら。ピュウが適切な支援を受けられるように、資金集めのイベントを開いてもいいんじゃない？

ええ、いい考えだと思います。キティが言った。

わたしからもひとついい？　一番前の列にいた人が言った。ウィンズロー先生に頼んで、もう一度検査をしてもらったらどうです？　どうもわたしには、これがコミュニティ全体の治安に関わってくる話のような気がして——ちがいますか？

部屋のうしろのほうから小さな声が聞こえた。ほかの人たちに隠れていて、わたしがいるところからは声の主が見えなかった。でも、もし——もし、ピュウが、ほら、もしピュウが、また服を脱ごうとしなかったらどうするんですか？　わたしが気掛かりなのは……。

少しずつ、その声は青白くかすんでいった。

ほらほら、とハロルドが大声で言った。意見があるなら大きな声で。

その、と青白い声は続けた。わたしはちょっと心配なんです……ほら……ピュウにも権利というものがあるんですから——

そりゃ、だれだって医者に行くのはいやですよ。はっきりとした声が聞こえた。でも、時には行かなきゃいけないんです。ほかの人たちのことも考えなくちゃ。

わたしが言いたいのはそういうことじゃなくて。青白い声は言った。なんというか、ピュウがなにかを強要されるようなことがあってはいけないんじゃないかと——ピュウの意思を無視するのは、ちょっと。違和感があるというか——

そのとおりです。ハロルドが言った。わたしたちも同じ気持ちですよ。今回の件に関してはなにかと違和感を覚えることばかりです。だからこそ、こうして集まっているわけですから。今後の方針をコミュニティとして決めるために。最大多数の人々が違和感を覚えずにすむにはどうするべきか。それを決めるんです。

屁理屈もたいがいにしろ。だれかが言った。すまんが、ここは最年長としてはっきり言わせてもらう——だが、みんなもそう思うだろうが。これは公衆衛生の話なんだ！　あんたがなにを企んでるのかみんな気付いてるぞ。屁理屈だってこともわかってるからな。

忌憚のないご意見をちょうだいしました。ハロルドがもう一度立ちあがると、部屋の空気が変わったように感じられた。この件はとりあえずここまでにして、次の話に移りましょう。ほかに話しあっておきたいことはありますか？

キティが手をあげた。

グッドソン夫人、なにかご意見が？

キティはゆっくり立ちあがった。人々の注目を心地よく思っているようだった。

ちょっと聞いたんですけど、ピュウはロジャー・スミスのところで絵を描いたんですよね。その絵を見れば、ピュウがどこからきたのか、ピュウを助けるにはどうすればいいのかわかるかもしれないって。うちのネルソンが描いた絵は——あの子は恐ろしい戦争に巻きこまれ、小さい頃に国を追われて孤児になったんですけど——ネルソンの絵はたくさんのことを教えてくれました。専門の方に依頼して、ピュウがロジャーと一緒に描いた絵を分析してもらったらどうかしら。

いい考えだと思いますよ、グッドソン夫人。ハロルドが言った。ヒルダ、いまのを忘れずに記録しておいてください。キティ、ひと言いいですか。あなたがあのかわいそうな少年をこの家に迎えいれたことには、われわれ一同非常に感銘を受けています。キリスト教徒として、これ以上に模範的な行いがあるでしょうか。

拍手が湧きおこった。グッドソン夫人は、拍手が続いているあいだ、部屋にいる人々ひとりひとりに微笑みかけ、片方の手を振り、それから、もう片方の手も振った。

ひとりの女性が、目を大きく見開いて立ちあがった。みなさんに話しておきたいことがあるんですけど。

どうぞ、ロバートソン夫人。ハロルドが言った。

いま、ミニー・シムスとピュウのことを話してたんですけど、ちょっと聞いてください。ミニーとどうしても意見が合わないんです……ピュウの見た目について。わたしは、ピュウはどこからどう見ても女の子で、絶対に白人じゃないと思うんです。年齢は十三歳か十四歳くらい。でも、ミニーに言わせるとピュウは間違いなく男の子で、人種は白人で、年は十五歳より下のはずがないんですって！

白人ではない人よりは白人に近いと言ったんですよ。ミニーが訂正した。

だとしても、わたしたちの意見がどれだけ食い違っているかはわかるでしょう？　立っているほうの女性は言った。目を見開き、両方の眉がくっきりとアーチを描いていた。これじゃ、別の人間を見てるみたい！　ピュウを十代の子たちに近づけていいのかしら——わかるでしょう——どっちなのかはっきりしないんですから。みなさんもピュウの見え方については意見がわかれるんでしょうか？

部屋が騒がしくなり、あちこちで手があがった。ハロルドは人々を静かにさせようと小さなナイフでグラスを叩き、それからフォークで陶器の皿を叩き、最後は声を張りあげた。

そのとき、うしろの席からざわめきを貫くような声が上がった――**ピュウに洗礼を受けさせようじゃないか。**途端に部屋が静かになった。

いや、たしかに。ハロルドが言った。**さっそく、今週の日曜日に受けさせましょう。これは大変重要なご指摘でした。ありがとう、ビル。**

どういたしまして。ビルが言った。

さて、少し休憩にしましょうか。軽食のおかわりとコーヒーをどうぞ。人々がいっせいに立ちあがり、低いざわめきが広がっていった。**マリーナ・ディーンがお得意のピメントチーズを用意してくれましたから、お忘れなく。**

食堂の壁際のテーブルにパイもありますから。キティが人々に声をかけた。

ええ、パイがありますよ。ハロルドがくりかえした。

キティがわたしを連れてキッチンへ入っていくと、白いエプロンをつけたあの女性が皿洗いをしていた。

マリア、ピュウを少し見ていてくれない？　あと——そうね——一時間くらいかしら。悪いんだけど、客間に連れていってほしいの——ここは壁がうすいから、わたしたちの声が聞こえると、ほら——迷惑でしょう。

客間ですね。ええ、わかりました。マリアはタオルで手を拭き、下唇のはしを嚙みながらわたしに近づいてきた。

勝手口の窓から女の子が顔をのぞかせ、しばらくわたしを眺めていたが、そっとドアを開けてなかへ入ってきた。

アニー、どうしたの！

なんであんなに車が停まってんの？

学校はどうしたのよ。

〈赦しの祭り〉の話し合いしてんの？

いまはそんなこと関係ないでしょう。どうして帰ってきたのか聞いてるの。

アニーはリュックを床に置き、残りものが散乱した大皿から四角いチーズをつまんだ。キティは娘のあごの下に手のひらを差しだした——**出して。**アニーは唇をとがらせ、半分咀嚼したチーズをゆっくりと吐きだした。マリアがすかさずチーズを受けとり、キティの手のひらを拭った。

アニー、ママはこんなことしてる場合じゃないの。お客さんがいらしてて、早くもどらなくちゃいけないんだから。

アニーはわたしを見て、また母親を見た。

ピュウとは月曜日の夕食で会ったでしょう？　ボナーさんのお宅に泊まってるのよ。

アニーはまたわたしを見た。一瞬、その顔に薄い笑みが浮かんだ。

アニー、失礼よ。挨拶しなさい。

こんにちは。

マリアがピュウを客間へ連れていくところだったの。あなたは自分の部屋へいって、ママが呼びにいくまで宿題をしていなさい。わかった？

わかった。アニーはキッチンのドアから出ていき、マリアはわたしを連れて別のドアからキッチンを出た。

バスタブのふちにしばらく腰掛けていると、ドアをノックする音がした。**ピュウ？　なにか要るものは？**　マリアの声が聞こえた。

近づいてくる足音が聞こえなかったということは、わたしのあとをついてきてドアの前でじっとしていたのだろう。

大丈夫なら、ドアを一度ノックしてくれない？

しばらく静寂が続いた。

大丈夫かどうかだけ教えてちょうだい。

わたしは石鹸をつかんでドアに投げつけた。石鹸はへこみ、床のタイルの上に転がった。

大丈夫なのね。ごゆっくり。またあとで来るから。パタパタという足音が遠ざかっていった。

空のバスタブに入ると、冷たい磁器がゆっくりと温まっていった。屋敷のどこかから、重なりあう話し声や笑い声が聞こえ、キッチンからは食器の触れあう音が聞こえた。それとは別のある音が、少しずつ近づいていた――壁のなかから聞こえているような気がした。

いきなり通気孔の格子が開き、なかから細い脚が一本のぞき、もう一本の脚ものぞき、アニーがするりとバスルームの床に下りたった。わたしに気づくと不意を突かれた顔をしたが、すぐにまた、よそよそしく挑むような表情になった。

静かだったから、だれもいないかと思ったよ。アニーは小声で言った。

アニーはわたしを見て、わたしもアニーを見た。アニーの髪はもつれていた。薬棚へ行き、小さな青いチューブを手に取った。チューブの中身をたっぷり絞りだし、鏡をのぞきこんで顔に塗りはじめた。

うちの学校、あんたの話でもちきりだよ。アニーは鏡に映った自分に向かって言った。あ、別に気にしなくていいよ。バカばっかりだし。もとはと言えばジャックのせい。あいつ、ほんと最低。あんたの話は事情を知ってる教会の人にしかしちゃダメだって知ってるくせに、だれかれかまわずあんたのことを話してまわってる。まじでバカなんだよ。

アニーは水色のペーストを顔の半分に塗りおえると、手を止め、鏡のなかの顔を仔細に眺めた。

時々考えるんだけど、人間ってひとりの人間でできてるんじゃなくて、ちがう人間がたくさん集まってできてるんじゃないかな。ちがう人間たちをどうにか団結させてひとりの人間の振りをして、まわりをだましてるっていうか。まわりの人たちも同じことしてるのにね。

アニーはわたしに顔を向けた。

どう？　そんなふうに思ったことない？　そう思わない？

アニーはまた鏡に向きなおり、水色のペーストを顔に塗った。

ママには、あんたは聞いてくれそうだと思ったら壁にだって話しかけるんでしょって言われる。ていうか、ママに言われてこんなことやってるんだよ。これを顔に塗れって言われたんだ。ママの煙草をこっそり吸ってるところを見つかって怒られたの。煙草を吸うと若いうちからしわと白髪ができるんだって。わたし、白髪が一本あるんだ――見る？

アニーは両手のペーストを洗いながし、鏡をにらみながら髪をかきわけはじめた。

あった！　アニーは近づいてきてバスタブの上にかがみこみ、つまんだ白髪をわたしに見せた。

わかる？　頭のうしろにも生えてたんだけど、二週間くらい前にママが見つけて抜いちゃったの。これは抜かれないように隠しとかないと。気に入ってるから。

アニーはタイルの床にすわりこんだ。ペーストは、顔のはしのほうから乾いて色がうすくなっていた。髪にも少しこびりついていた。

ていうか、あんた、学校に行けって言われなくてラッキーだよね。今日は早退させられたんだ。ムカついてやろうと思ったけど、うれしすぎて無理だった。

アニーは両肘を床について上半身をうしろにたおし、天井をあおいだ。

科学の授業のとき。先生が花の繁殖の説明をして、どんな生き物も繁殖できるし、繁殖できる生き物はかならず雄か雌かに分けられるんだって言って、だから手をあげたんだけど、先生はわたしのほうを見たのに当ててくれなくて、だから、ちょっと待ってから先生の話をさえぎって、それはちがいます、繁殖できる生き物のなかには性別がないものもいますって言った。繁殖のことはちょっと勉強してたんだよね。テレビでヒトデのことを知ったから——ヒトデって、交尾とかしなくても自分だけで繁殖できるんだよ。カタツムリも。そういう植物もあるし、雌と雄を切りかえられる動物だっているし。そういうのってSFのなかだけの話だと思ってたんだけど、そうじゃないんだって。だから、わたし言ったんだ、ゴールドウォーター先生に。「タンポポはどうなるんですか？　タンポポは処女生殖ができて、受粉しなくても繁殖できますけど」って。そしたら、ゴールドウォーター先生、適当な感じでこう言った。「だから、雑草にしかなれないんでしょうね」って。先生はなにも考えずにそんなことを言ったんだよ。生徒の笑いを取ろうとして。みんな笑ってたし、ジェレミーまで笑ってた。ジェレミーってゲイなんだけど。本人から聞いたし、ていうか、だれが見てもゲイだってわかる。それでわたし、ゴールドウォーター先生に、ヒトデはどうなるんですかとか、タツノオトシゴは雌と雄の役割がふつうとは逆で雄が妊娠するけどそれはどうなんですかとか、いろいろ質問したんだけど、クラスのみんなはへらへら笑ってた。バカだから。で、わたしは校長室にやられたの。

アニーは背中を床につけてあおむけになり、少しのあいだ黙っていた。

図書室で革命の本を見つけたんだけど、丸々一章使って、抗議のために自分で自分に火をつけた人たちのことが書いてあったよ。びっくりじゃない？　わたしもびっくりした。

アニーは立ちあがって鏡をのぞきこんだ。ペーストは大部分が乾き、全体がうっすらと灰色がかっていた。アニーはペーストに指を触れた。

あとちょっと。体を持ちあげて洗面台のはしに腰かけ、しばらく足をぶらぶらさせていたが、ふと足を止めてわたしのほうを見た。

お祭りに参加させるって言われた？

わたしは無言でアニーを見返し、そして言った。わからない。

あんた、いくつ？

わたしはバスタブのなかで少し体を起こした。わからない。

わたしは十五歳。質問されたら、いつも、「わからない」って答えるの？　時々は。

ほんとネルソンと似てる。あいつもしゃべるのが死ぬほど嫌いだから。

アニーは洗面台の前に立ち、顔を洗いはじめた。顔に水を浴びせかけるあいだもしゃべりつづけた。ねえ、なんであそこの教会で寝てたの？　家がないから？　なんか理由があってあの教会を選んだの？　どこかから逃げてきたとか？

アニーは白いタオルで顔を拭いた。そのとき、自分がかつていた場所のことをはじめて思いだしそうになった。歩きつづける日々の前にはどこにいたのか、眠る場所を探しつづける日々の前にはどこにいたのか。話をしたくなったが、自分がなにを話そうとしているのかわからなかった。話せなかった。わたしは話せなかった。

ねえ、話したくないなら話さなくていいんだよ。無理やりしゃべらせようなんて思ってないから。パパにも、おまえは質問が多すぎるって言われるし。ただ、帰る家がないなら、それってまじで……なんていうか、心配。それだけ。かわいそうだし、わたしになにかできればいいのになって。

アニーはタオルを床に放り、窓辺へいって指でブラインドの細い板を押しひろげ、隙間から外をのぞいた。

前の学期の公民の授業で、世界をより良い場所にするにはどうすればいいのかっていうテーマでレポートを書かされたんだ。一ページでよかったんだけど、わたしは七ページ半使って、全員がまったくおなじ生活をするべきだって意見を書いたの。みんなふつうの大きさの同じ家に住めばいいし、金持ちしか入れない私立の学校なんかなくしちゃって、だれでも入れる公立の学校だけ作ればいいし、死ぬときに全財産を子どもにのこすのもやめたほうがいいと思うって。のこった財産は、一番貧乏な人たちで分けあわなくちゃいけないと思う。そうしないと、金持ちの家の子たちは、金持ちの家に生まれたからっていうだけの理由でほかの人よりめちゃくちゃ有利なスタートが切れるし、貧乏な家の子たちは、貧乏な家に生まれたからっていうだけの理由でほかの人より最悪なスタートを切らなくちゃいけない。まあ、そんな感じで、ほかにもいろいろ書いたんだ。だって七ページ半もあるんだよ。全部パソコンで清書した。でも、それを読んだ先生がどうしたと思う？　学校カウンセラーと話をしなさい、あなたは共産主義者だからって言ったんだよ。だから、共産主義者だなんてひと言も書いてませんって言ったら、先生はわたしのレポートをつまみあげて、「グッドソンさん、このレポートには不適切な部分がたくさんあるんです」って言った。だから、「不平等をなくしたいって書いたからですか？」って言ったら、先生は、わたしの思想は危険だとか、手遅れになる前に軌道修正してもらう必要があるとか、世の中の仕組みはこうなってないとか、そういうことを言ってた。だからわたし、世の中の仕組みがこうなってないのは知ってますけど、こうなるべきだと思ってるんですって言った。そしたら先生は、わたしが口答えをしたって報告書を書いたの。反論したら叱られるって、意味がわからなくない？　これは別に、あんたがどうこうって話じゃないんだよ。あんたには好きにする権利があるんだから。でも、会話ってふつう、反論することで成りたつよね？　反論って――議論の半分じゃない？　とにかく、わたしには、たくさん持ってる人がいるってことが、ちょっとしか持ってない人がいる原因になってるような気がするわけ。

カウンセラーの女の人も先生とおなじくらい最悪で、めちゃくちゃイライラしたから部屋のむこうに椅子を投げてやったんだ。そんなことやっちゃダメだったってわかってる。でも、わたしがレポートに書いたことは正しかったってわかった。人は平等なんかじゃない。だって、前の学期に別の男の子がおなじことをしたときは停学になったのに、カウンセラーは笑っただけだった。報告書も書かなかった。不公平だよね。

アニーが窓にもたれ、ブラインドがかしゃんと音を立てた。

わたし、しゃべり過ぎかもね。みんなに、おまえはしゃべり過ぎだって言われる。もうちょっと静かにしたほうがいいってわかってるんだけど、イライラすることが多すぎるし、なのにみんなはこれが普通なんだって振りしかしない。普通なわけないのに。あんたも、わたしの話なんかバカみたいだって思ってるのかもね。

いや。わたしは言った。

そっか。じゃあ、バカみたいだって思ってない唯一の人かも。なんでみんながここでの暮らしに耐えられるのか、ほんとに謎だよ。ママに言わせれば、地元が嫌いだって言うのは自分を特別だと思いこんでる退屈な人間だけなんだって。でも、今週は特に最悪——お祭りがもうすぐだから。もう三人の女の子たちが——この時期は女の子たちには特に最悪なんだ。でもみんなは、家や車に押し入られないかとか、そんなことばっかり心配してる。なにをしても、お祭りになれば全部赦されてなかったことにしてもらえるから。どっちみち女の子たちはなにをされても黙ってるし。声を上げても面倒なことになるだけだから……ていうか、声を上げたって、お祭りで祈りなさいって言われるだけだしね。いまできることはなにもないからって……。

廊下から足音が聞こえ、アニーははっとしてドアを見た。

鍵、かかってるよね。小声で言う。

わたしはうなずいた。

でも、もういったほうがいいかも。アニーは通気孔にもぐりこもうとして、ふとわたしを振りかえり、声を殺してたずねた。ピュウってほんとの名前じゃないでしょ？

わたしは首を横に振った。

ほんとの名前を知ってる人はいるの？

わたしはどう答えればいいのかわからなかった。

ひとりくらい、あんたのほんとの名前を知ってるんでしょ？

わたしはただそこにすわり、息を吸い、吐き、なめらかな磁器のバスタブの上で指をすべらせていた。アニーは静かに少しだけ泣いた。顔がゆがみ、赤くなった。頬を強く打ち、もう一度打ち、さらにもう一度打つ。

あんたのほんとの名前、ひとりくらい知ってたらいいのに。アニーはそう言うと、すべりこむように通気孔のなかへ入り、内側から格子を閉めて奥へ這っていった。

じゃあね。壁のなかからアニーの声が聞こえた。

ひとりになると、軽い痛みに似た吐き気を覚えた。わたしは目を閉じ、バスタブの底で体を長々とのばして、無のなかに身を隠そうとした。嵐の気配を感じたヘビがするように。早朝にしっとりとしめった野原へいくとどんな匂いがするのか、わたしは思いだそうとした。ほんものの朝が訪れる前の、まだ朝とは呼べないあの時間。日が昇る前、大地が肺になったように感じられる時間。その時間に野原が呼吸をするように、わたしは呼吸をしようとした。

ドアを強く叩く音が何度かした。ハロルドの声が聞こえた――**ピュウ？　そこにいるのかい？**

長い沈黙。

そろそろ出てきてもいい頃じゃないかな。きみにさよならを言いたいという人たちがリビングで待ってるんだ。あまりお待たせするのは失礼だよ。

自分が野原ではないことを、わたしはわかってしまった。いまのところ、わたしは土や種子や草ではない。野原はひとつの生き物だ。野原ははじまって終わる。すべての植物には人が与えるより前から本当の名前がある。わたしたちはなにかの終わり。わたしたちの体はすでに死んでいる。

やろうと思えば、とハロルドは笑いながら言った。**鍵をこじ開けてもいいんだぞ。だけど、その必要はないだろう？**

彼らを待たせてはいけない。時々、わたしたちのひとりが、別のだれかの首根っ子を押さえつけることがある。だれかが別のだれかの首根っ子を押さえて離さず、何年ものあいだだれにもどうすることもできず、そんな風にしてたくさんの人生が押さえつけられたまま停止している。わたしは自分が何者なのか知っている。この体はすでに死んでいる。

自分で出てきたいだろう？

すべての息は喉を通って吸われ、また吐かれる。すべての空気は借り物なのだ。彼らを待たせてはいけない。

運転席のヒルダは押し黙っていた。なにかの期限が切れ、わたしの目を見ることができなくなったようだった。それがなんであれ元にもどることはないだろう。ヒルダは何度も咳ばらいをしていたが、喉に引っかかったなにかをどうしても取ることができないようだった。窓の外を見ていたわたしは、赤い文字が印刷された白い看板が、およそ一キロおきに立っているのに気づいた。ひとつ目の看板は節くれだった大木のそばに立っていて、こう書いてあった――

祭りは
救済

少しいくと、別の看板があった――

赦し‥
賛成か反対か?

最後の看板は、ハイウェイの中央分離帯の草地に傾いて立っていた――

赦しの祭り‥
魂の癒やし！

ハロルドは――その、とても人望があるのよ。みんなに尊敬されてるから、なにか思いつくと、そうね、少し頑張りすぎるところがあるの。

家に着くころには、ヒルダはまた沈黙のなかに沈んでいた。どういうわけかポーチに置いてあった鉢植えが倒れていた。

あら。ヒルダは鉢植えのそばを通りすぎながら言った。

鉢植えの植物は、太陽を求めてそり返るようにして伸びていた。懸命に。割れた陶器のあいだから土がこぼれていた。薄暗い午後の空にじわじわと雲が広がり、家は幽霊のような灰色の影に沈んでいた。ふたつの時計の秒針の音が聞こえた。それぞれがそれぞれの時を刻んでいた。

ヒルダが屋根裏部屋へつづくドアを開け、階段を上っていくわたしに説明をした。好きなときに下りてきてもらってかまわないが、スティーヴンと話しあってこのドアには念のため鍵をかけておくことになった、下へくる用事があるときはできるだけ強くドアをノックしてくれればいい、そうすれば自分がきてあなたを外へ出し、リビングでもポーチでもあなたの望むところで一緒に過ごすから、と。ヒルダの意識はわたしに向けられたかと思うと床へ移り、壁に、階段に、ドアに、つかんだドアノブに、床に移り、一瞬わたしにもどり、また壁に移った。

自分が屋根裏部屋から出ることはないとわかっていた。わたしはうなずいた。

あなたがなにかしたわけじゃないの——ただ、あなたがなにをしてきたのかがわからないだけ。念のためよ。

ヒルダは少しのあいだ黙っていた。ヒルダの肺は思い切り呼吸をすることをやめてしまったようだった。意識もまた、こちらからあちらへと漂うことをやめたようだった。それどころか、ヒルダは呼吸することを完全にやめてしまい、その目にはなにも映っていないように見えた。

わたしは屋根裏部屋の窓辺にすわり、夜がくるのを、陽の光がわたしたちのもとから去っていくのを、ホタルが現れるのを待っていた。なぜかはわからないが、いつにも増してそれが重要な気がした。漂うように庭を飛びまわるホタルを見ることが——ホタルが光り、消え、また光り、消える。現れ、いなくなり、また現れ、またいなくなる。

階下から、ヒルダが離れたところにいるスティーヴンを呼び、スティーヴンが大声で返事をするのが聞こえた。はっきりとは聞こえないが、切羽詰まったような声だった。わたしは身じろぎもせずに窓辺で夜を見ていた。ホタルが一匹現れ、わたしは太陽の光で温まったガラスに触れた。

屋根裏部屋に続くドアが開き、ヒルダの声が階段に響いた——**ピュウ？　ちょっと下りてきてくれる？**

リビングでは、いくつものランプの明かりがシェードの陰のなかで灯っていた。オウムはケージのとまり木の上をゆっくりと移動していた。部屋は静かで、オウムのかぎ爪がとまり木を握っては離す音が聞こえた。

状況を説明しておきたくてね。スティーヴンが言った。**現時点で決まったことをすべて伝えておこう。**

ええ。ヒルダが言った。すこしのあいだ、わたしたちはすわったまま沈黙した。**あなたも知っておいたほうがいいと思ったの。**

今夜、息子たちは祖母の家にいっている。スティーヴンが言った。今日の集会が終わってからコミュニティの何人かと話したんだが、うちの息子たちにきみを近づけるのは感心しないということで意見が一致してね。そういう結論にいたった理由は人によって様々だし、わたしにも自分なりの理由がある。だが、それについて詳しく話す必要は――

詳しく話す必要はないヒルダが言ったが、スティーヴンはその声にかぶせるように続けた。

――きみが知る必要はないわ。からね。これはわたしの家族についてわたしが決めたことだし、言ってみれば個人的な結論なんだ。家族の結論だよ。まあ、ひとつ言っておくとするなら、今週に入ってから、ジャックは家でも学校でも明らかに様子がおかしかった。

普段のあの子は、あんなに――。ヒルダは言いかけて口をつぐんだ。

どうも、あの子がきみに失礼な態度を取っているような気がしてね――直接その場に居合わせたわけじゃないが、なんとなくそんな気がした――あの子に代わって謝りたいと思っていたんだ。本当のジャックはあんな子じゃない。まっすぐ育っている。なのに、今週は学校で居残りまでさせられた。そんなのはあの子らしくない。わたしたちのジャックはそんな子じゃない。教会へいくのが大好きで、賛美歌やキリストの教えを愛しているような子なんだ……急に色々なことが起こって動揺しているんだろう。そうとしか考えられない。

自分はここへきたわけではなかったのだ。わたしはふと気づいた。わたしははじめからここにいた。そのことに気づき、しかしわたしはただ黙っていた。生まれる必要さえなかった。わたしははじめからここにいたのだから。そう、生まれる必要さえなかった。そのこともわたしは黙っていた。

わたしはなにも言わなかった。

ああ、暑い。暑くない？　ヒルダが立ちあがった。少し冷房をつけましょうか？　なんだか、永遠に夏が終わらないみたい。毎日思うのよ。明日こそは涼しくなる、やっと涼しくなるって。でも絶対に涼しくなんてならないんだから。

ヒルダはリビングを出ていきながらひとりで話しつづけた。やがて、なにを言っているのか聞きとれなくなった。

もうひとつ、きみと話しあってほしいと言われたことがあってね。きみにはコービン家にいってもらうことになった。明日だけかもしれないし数日かもしれない。わたしたちにもまだわからないんだ。明日の朝、コービン博士が迎えにくることになっている。

ヒルダはリビングにもどっていたが、入り口のそばから動こうとしなかった。両手で顔をあおぎ、額の汗を拭った。

コービン博士は第二バプテスト教会の牧師でね。そっちの教会は町のむこう側にある。まあ、あれだ、ひらたく言えば町の黒人側ということだ。こんな言い方はよくないかな――ヒルダ、どう思う？

わたしは――その、いいえ。ヒルダは言った。

今日の集会にいた人たちは、ひょっとするときみにはあっち側のほうが向いてるんじゃないかと考えたんだ。こっちでは話す気になれなくても、むこうの人たちには口をきくんじゃないか、こっちの暮らしが気に入らなくてもあっち側なら気に入るんじゃないか、とね。なぜみんながそう考えたのかわたしにはよくわからないし、なにか変化が生まれるとも思えないんだが。だが、まあ、伝えてくれと言われたとおりに伝えておくよ。どうも、意見の不一致があるみたいでね……その、ある人にはきみがこんなふうに見え、別の人にはまたちがうふうに見え、きみはきみでこの議論に決着をつけるつもりはないらしい。だから、われわれとしてもできることをするしかない。いや、責めているように聞こえたら本意じゃないんだが。責めているわけじゃない。だれもきみを責めちゃいない。ただ――わたしたちもこういうことははじめてでね。まあ、一部の人間が問題視しているだけなんだが。コービン博士はとても立派な方だよ。とりあえず、明日の夜はむこうの家に泊まってもらう。祭りにもむこうの人たちが連れていってくれる。

ヒルダがかがみこみ、スティーヴンに耳打ちした。

むこうで説明があると思ったんだが。スティーヴンは言った。

ハロルドは、あなたのほうが説明が上手だと思ったのよ。ヒルダは言った。あちらの方々はもうお祭りに参加されないんだし。

スティーヴンは一瞬眉間にしわを寄せ、それから話しはじめた――

赦しの祭り――この祭りの成り立ちは複雑だから、わたしにもすべてを語ることはできない。だが、赦しの祭りこそ、このコミュニティを近隣コミュニティと決定的に分かつものだと言える。祭りは、われわれが過去と前向きに折り合いをつけるための手段なんだ。祭りによって、わたしたちはコミュニティのこちらとあちらを融和させ、だれもが――ひとりの例外もなく――不完全な存在として生まれてくるのだと認めることができる。それこそがわたしたちの信条だからね。わかるだろう——それがキリスト教の根幹にある考え方だ。神がいなければ人間は不完全な存在なんだ。数年前、町の牧師たちが集会を開いた。あのころは国中に怒りが蔓延しているような感じがあって、だれかが常に別のだれかを非難していた。ある集団が自分たちの問題を別の集団のせいにするようになった——黒人も移民も、もちろん女性も。わたしにしてみればお互い様だという気がするんだが。だれもが他人を責めてばかりいて、決して自分を省みようとしない。この町の牧師たちは憂慮すべき事態があまりにも長引いていると考えて、解決にむけて祈ったり、聖書に答えを探したりするようになった——あるとき、奇妙なことが起こった。主が牧師たちに語りかけてくださったんだ。全員に——

ヒルダが小声でひとり言を言ったが、スティーヴンは気づかず話しつづけた。

主は、毎年特別な日を設けて住民全員を集め、彼らの罪をひとつ残らず——声に出して——告白させなさい、と言われた。そうすれば、だれもが罪深く不完全な存在であることも、自分の問題を人のせいにしても無意味だということも理解できる、と。もちろん、そうは言ってもプライバシーは必要だから、参加者は目隠しをするし、カーテンも用意されている——

本当に美しいの。ヒルダが言った。目隠しをしていたってそれがわかるのよ。あなたもきっと感じるはず。

ああ。それに、コミュニティが一体となる瞬間はじつに感動的だよ。

ええ、コミュニティの大半が、という意味だけど。

あちら側の人たちも招待しているんだが。毎年、招待を出している。実を言うと、コービン博士は祭りの発起人のひとりだった。だが、博士がどれだけ説得しても、むこうの教会の人たちは頑として祭りに参加しなかった。とにかく、われわれはそう聞いている。

まあ、そうね。わからないでもないわ。だって――

ともかく、この際そんなことはいいんだ。スティーヴンがヒルダをさえぎった。要は、土曜日の祭りにはコービン博士がきみを連れていってくれる。だから、その目で祭りを見てほしい。祭りがどういうものなのか、わたしたちがなにを一番大切にしているか。

そのとおりよ。

それから、祭りの会場や道中で、いくつか気になることがあるかもしれない。それについては前もって話しておいたほうがいいと思ってね。

びっくりするといけないから。

会場までの通りには警察官が何人も出ている。

銃は象徴です。ヒルダはなにかを暗唱しているような口調で言った。銃は神の力の象徴であり、神が人間に賜った豊かな贈り物の象徴です。

それに、警察は治安を守るために出ているだけなんだ。

ええ、そのとおり。

住民の半分が祭りにいくわけだから、半分の家が留守になる。それで、警察にこのあたりを見張っておいてもらうことになっていてね。

ヒルダが真剣な顔でうなずいた。

祭りが終わると、コミュニティはいつにも増して平和になる。だが、祭りの直前には問題がいくつか——

ヒルダがスティーヴンに小声で耳打ちした。

ああ、うわさの件か。そうだな。みんなからもぜひ念を押しておいてくれと言われたんだが、きみが心配することはなにもない。ネルソンやほかの子どもたちから妙なことを聞いたかもしれないが——キティとブッチも、ネルソンが高校生たちのうわさ話をきみに伝えたんじゃないかと心配していてね。祭りで人間を生贄にするとか、そういううわさだよ。あれはただのでまかせだ。子どもたちをこわがらせようとして、だれかがでっちあげたんだろう——

子どもたちは、少しずつ慣らしていくことになってるの。

そのとおり。大半の子どもたちは告白の時間に参加できない——会場を出たところに部屋があって、そこで待機することになっているんだ。だから、おそらくは、年長の子どもたちが小さい子たちをこわがらせようとして、そんなうわさを流したんだろう。

きっとそうね。ヒルダが言った。

心配することはなにもない。

ええ、もちろんよ。心配なんてしないで。

わたしたちは、儀式というものをとても重んじているんだ。スティーヴンが言った。

ええ、そう。

さて、これで伝えるべきことは伝えたんじゃないかな。コービン博士がきみを車で祭りの会場へ送っていくこと。道中、たくさんの警察官を見かけるかもしれないこと。祭りの会場に入ったら、ほかのみんなと同じように目隠しをすること。祭りが終わってしまえば、色々なことが腑に落ちるはずだよ。

きっとそうよ。ええ、わたしもそう思う。ヒルダの体は微動だにしなかった。その数秒間、息をしていないように見えた。

金曜日

目が覚めると空腹だった。わたしは、木々のあいだを渡っていく風のすすり泣きに耳をすませた。ベッドからすべり出て床に耳を当てたが、なにも聞こえなかった。胃が不平をこぼし、それが歌のように聞こえた。

階段の下のドアのむこうから、ヒルダの大声が聞こえた――**ピュウ?**――鍵が開く音がした――**もう起きてるの?** わたしは立ちあがり、階段の上へいった。ヒルダは白いバスローブ姿で、髪をタオルでまとめていた。

あなたがまだそこにいるってこと、忘れそうになってたわ。あんまり静かだから。支度ができたら下りてきて、グリッツ〔ひきわりトウモロコシを湯で溶いた粥。ジョージア州など米南部の朝食の定番〕**を食べなさい。**

わたしは立ったまま朝食を食べた。ヒルダからは顔をそむけ、べつの部屋から流れてくるオウムの歌声を聞いた。オウムは五つの音からなる同じメロディーを何度もくりかえしうたっていた。しばらくして目を落とすと、ボウルは空になっていた。わたしはボウルをシンクへ運んだ。オウムはまだうたいつづけていた。なにかに備えて練習をしているかのように。その歌がいつか必要になるとでも思っているかのように。

コービン博士は、あと二、三時間したらいらっしゃるから。まずはあなたをランチへ連れていくそうよ。それから、ちょっとしたパーティーにいくみたい。集会って言ったかしら。とにかく、近所で集まりがあるんですって。ちょっと失礼して、髪を整えてくるわね。

庭に面したリビングでは、スティーヴンがビロード張りの椅子にすわっていた。新聞がその上半身を隠していた。頭と、胸を。

わたしは窓辺の椅子にすわり、濃くしげった低木を眺めた。カナブンが一匹、低木の葉の上を渡り、重なりあった葉のあいだをくぐってどこかへいこうとしていた。朝はそんな風にして過ぎていった。スティーヴンの新聞はめくられるたびに乾いた音を立て――カナブンは低木の葉の上を這いつづけた。

コービン博士は、うすいベージュ色のピックアップトラックに乗ってやってきた。一体になった運転席と助手席が一脚のソファのようだった。博士は質素な灰色のスーツを着ていた。胸がへこんで見えるほどひどい猫背で、なにかの縁を永遠にのぞきこんでいるように見えた。愛していたものを失い、それが永遠に戻ってこないことにたったいま気づいたような顔をしていた。コービン博士には込み入った秘密があるのだ。彼だけが感じることのできる、弱い風が。

なぜ自分がこうしたことを時々見透かせるのか――その人のなかだけにある静かな秘密を知ることができるのか――、それはわたしにもわからなかった。それが役に立つこともあったが、欲望や埋まることのない欠落を隠している仮面を見透かしてしまうと、たいていは苦痛のようなものを感じた。人が仮面をつけるのには理由がある。川にダムがある理由があり、瓶に蓋がある理由があるように。

コービン博士は行き先を言わず、わたしも知る必要はなかった。トラックのエンジンが震え、低い音を立てた。ハルとタミーの家にもう一度いくことはあるだろうか。わたしは、タミーがクジャクの羽根をくれるかもしれないと考えた。役に立たない美しいもの。ふたりの人間のあいだで取り交わされる、現実のもの。人が取り交わす実体のないものは、この目で見ることができないのだから。

トラックが停まったのは、野原のはしに立つ細長い造りの教会の前だった。白く塗られた木造の教会だ。教会のなかに入ると、パイプオルガンが息もつがずに音をとどろかせていた。疾走する音が別の音のまわりで回転しながら大きな渦を作り、渦は暴れまわりながら、いつまでも同じ形のままでそこに残った。わたしたちはうしろの信者席にすわった。顎のようにも見える演奏台にむかった小さな体は、鍵盤を叩きながらもがき、うねるように動いた。オルガンは、作りあげられ、調律され、ここで披露するために記録された音を使って話していた。オルガンが機械だということを、わたしは思いだした。オルガンは人の意志よりずっと大きな声で叫ぶことができる。

コービン博士がわたしのほうを向いてなにか言ったが、その声は音楽にかき消されて聞こえなかった。博士の口が動き、わたしは口が動くのを見つめ、口が動かなくなるとなにも考えずにうなずいた——なにを言われたのであれ、異論はなかった。わたしたちはオルガンの物悲しい泣き声を聞きつづけた。そんな風にして時間は過ぎていった。もしかすると、人には決して言葉にできない痛みや思いがあり、それらは楽器によって純粋な音に作りかえられ、空中へ紡ぎだされ、ほかの人たちに聞いてもらう必要があるのかもしれない。

オルガンが演奏を終え、べつの曲を奏ではじめた。その曲も終わり、またべつの曲がはじまった。わたしをここへ導いた数年間のことが頭のなかによみがえり、同時に消えていった。思い出せるのは、天井の低い、窓のない部屋のことだった。横幅が三歩、縦幅が二歩の部屋。湿った床。血の味。ひとりの子ども。長い飢え。数年間のこと。数年間続き、そして終わったこと。終わり、もう一度はじまることはないが、もう一度終わることもまたない。あの数年間はわたしのものだ。あるいは、以前はわたしのもので、いまではどこかべつの場所にある。近くて同時に遠い場所に。だれにも所有されてはいない。あの、触れてはならない数年間は。あとにはあの時間の印象だけが残った。あの時間がわたしのなかに残した、無人の空き地だけが。

オルガン奏者が片手を大きく振りあげて楽譜をめくろうとしたが、楽譜ははじきとばされて宙を舞った。音楽が止み、あとには音の影さえ残らなかった。枯れ葉が落ちるようにして、楽譜がはらはらと床に落ちていった。説教壇から低い罵声が聞こえた。オルガン奏者は床に膝をつき、楽譜を拾いあつめた。

コービン博士がわたしの肩に手を置いてほほ笑んだ。わたしたちは立ちあがり、教会を出た。

トラックは道路を長いあいだ走り、低い小さな建物の前で停まった。表には小さな看板が出ていた。看板の壊れたネオンサインは、こう綴っていた――DINER《食堂》。なかへ入るとドアに付いたベルが鳴ったが、わたしたちを振りかえって見る人はいなかった。カウンターでは、泥のはねたオーバーオールを着た人が、背中を丸めてサンドイッチを食べていた。ブースのひとつには、そろいのうすいオレンジ色のワンピースを着た、ふたりの小柄な人たちが向きあってすわっていた。ひとりはパイをフォークでつつき、もうひとりはコーヒーカップのなかをのぞきこんでいた。音楽はかかっていなかった。大きな窓は、どれも油でかすかにくもっていた。

厨房から声がした――**ランチプレートふたつでいい？**

ああ、ありがとう。

ほうきの柄にもたれていた人が顔をあげ、コービン博士に会釈をした。博士は帽子を脱いで両手で持ち、わたしを連れて隅の席へいった。ブース席にすわると、博士の肩越しにカウンター脇に置かれた小型のテレビが見えた――音を消したテレビに、大声をあげる人々が映っていた。大きく開いた口、震える無数の喉、高々と上げられた旗や横断幕、宙に突きあげられたこぶし。わたしは画面のなかの人々を見つめ、人々もわたしを見つめているようだった。

いい店なんだ。野菜がうまくて、メニューも毎日ちがう。厨房にいるのがナンシーだ。ナンシーの作るコーンブレッドはうまくてね。毎日作ってるから、いつ来ても食べられる。

入り口のベルが鳴り、明るい柄模様のワンピースを着た女性が入ってきた。女性は店のなかを見回し、わたしたちの姿に不意を突かれたかのように動きを止めた。

ジュディ。コービン博士は、女性が近づいてくると声をかけた。女性はわたしを見て、博士を見て、またわたしを見た。

コロンバス夫人と呼んでください。女性は訂正した。その目に冷ややかな光が射した。わたしたちのそばに立っているだけで激しく消耗しているような感じがあった。両手は黄色のハンドバッグの持ち手を落ちつきなくいじっていた。

どうですか？コービン博士は言った。**わたしの言葉に嘘はなかったでしょう？**

すわってもいいですか？

ええ、どうぞ。コービン博士は言ったが、コロンバス夫人はそのまま立っていた。**これでわかったでしょう？　気が済んだのでは？**

コービン博士、気づかないうちに勘違いをさせてしまったみたいですね。わたしにそんな口の利き方をしていいとお思いですか？

いや、ジュディ、わたしはただ——

コロンバス夫人です。

女性の言葉は石のように硬かった。視線はわたしから一瞬も離れなかった。

コロンバス夫人、申し訳ない。心から謝ります。どうしてもむかしの習慣が抜けないんです。日曜日には教会のみんなと共にあなたを待っているんですよ。でも、めっきり姿を見せてくれなくな

って。日曜日のたびに、あなたがいらっしゃらないか期待しているんです。戻っていらっしゃるなら、いつでも歓迎しますから。わたしはいつも――

この子と過ごせると聞いて来たんです。

でも、もうご自身の目で確かめたでしょう？ コービン博士はなだめるような口調で言った。この子は――

コロンバス夫人は目を閉じてうつむいた。祈っているわけではない。なぜかはわからないが、わたしには夫人が祈っているわけではないことがわかった。しばらく、コロンバス夫人は耳を傾けざるをえない沈黙のなかに沈んでいた。大型トラックが食堂の前を通りすぎ、巻きおこった風が木の枝を大きく揺らした。横の壁のなかで配管がため息のような音を立て、入り口近くのレジが開いて閉まり、わたしたちの体のなかでは血液が流れつづけた。一定の速さを保ったまま。

それじゃ、コービン博士が言った。少し時間を取りましょう。博士は席を立って外へいき、トラックにもどると、よごれた窓ガラスのむこうからこちらを眺めた。コロンバス夫人は博士のすわっていた席についた。わたしを見る夫人の顔には、どこかでわたしに会ったことがあるのだがよく思いだせない、とでも言いたげな表情が浮かんでいた。おそらく夫人は、わたしを知っていたことがある。そして、いまもわたしのことを知っている。

なにかを伝えてこようとする人たちばかりで、飽き飽きしているんじゃない？ わたしも、そういう連中のことなら少しは知ってるから。こっちがなにを必要としているのか、まるっきりわかってないくせに……気がふれそうになるのも当然よ。

コロンバス夫人は、黄色いハンドバッグをふたりのあいだに置いた。

ちょうど一年くらい前に、息子のジョニーが姿を消したの。姿を消したのか、さらわれたのか。いまだにわからない——だれにもわかっていないの。あの子はコービン博士ととても仲が良かった。博士の言うことなら、なんでも福音みたいに真に受けてね。それが問題だったなんて、長いあいだ思いもしなかった——コービン博士は、まあ、いい人だし、みんながお手本にするような牧師さんだから。でも——わかるでしょう。だれかを失えば、どうしたって過去を振りかえって、未来を変えられたかもしれない瞬間を探してしまうものよ。起こったことを食いとめられた瞬間を——そうでしょう。実際のところはわからないけど、どうしても考えずにはいられない。あの子はコービン博士に影響されたんじゃないか——大きすぎる影響を受けたんじゃないかって。

ずっと前のことだけど、ジョニーが小さいころ、動物園に連れていったの。何か月も前からせがまれていて——わたしは、やっとのことでどうにか都合をつけた。車にガソリンを入れて、土曜日の仕事を一日休んで、車で動物園へいった。いざ到着すると、ジョニーはまっすぐライオンの檻へいった。長いあいだライオンを見ながら物思いにふけっていると思ったら、いきなり地面にすわりこんで、それから丸々一時間泣きつづけた。ほかのお客さんたちはジョニーをじろじろ見て文句を言った。警備員にも、よそへいってください、ライオンを見にきたお客さんの迷惑になっていますと言われたけれど、ジョニーは頑として動こうとしなかった。力ずくで引きずっていく親もいるのかもしれないけど、わたしは違った——いえ、できるものならそうしていたかもしれない。そんな度胸がなかったのね。ライオンは檻の奥を歩きまわっていて、人間には目もくれなかった。いくらジョニーを歩かせようとしても、次の動物のところへ連れていこうとしても、むだだった。散々手こずって、やっとのことでジョニーを動物園の外へ連れだして、車に乗せて家に帰った。夏休みが終わる前に、ジョニーは動物園であんなに取りみだした訳を話してくれた。息子は、自分とライオンのちがいがわからないんだ、と言ったの。だからわたしは言った。「ジョニー」——あの子は十一歳か十二歳だったと思う——「ジョニー、あんたは人間の男の子で、学校にも通うし、スポーツもするし、聖歌隊で歌もうたう。ライオンはただのライオンでしょう」。あの子はとても頭がよかったから——成績はクラスで一番だったし、わたしがなにも言わなくても本を読むような子だったから、すぐにわかってくれるだろうと思った。ところが、ジョニーはこう言ったの——この時のジョニーのことは、これから何度でも思いだすでしょうね——「ママ、ライオンの目はみんなと同じなんだよ」。だから、わたしは自分にできる限りの説明をした。ライオンの目は男の子の目よりもずっと大きいし、あなたの目とは似ても似つかないんだ、って。それでも、ジョニーは納得しなかった。動物園にいるほかの動物の名前をひとつひとつ挙げて——あの日、見にいくことさえしなかった動物たちの名前を——、この動物たちと自分はなにも変わらない、それは間違いないんだ、と言った。その考えにあの子は苦しんでた。見るからに辛そうだった。檻のなかに閉じこめられている動物たちのことを思って。でも、わたしにはどうすればいいのかわからなかった。どれだけ筋道を立てて説明しても、あの子は決して納得しなかった。まだ、ほんの子どもだったのに。ジョニーにはジョニーなりの考えがあって、それを大切にしていたの。

話を続けるコロンバス夫人のなかでは、わたしの目を——みんなと同じわたしの目を——見たいという気持ちと、見たくないという気持ちがせめぎ合っているようだった。わたしはわたしのなかから、わたしのうしろからコロンバス夫人をながめ、その話に耳をかたむけた。

それからしばらくして、ジョニーは動物園で激しく動揺したことを忘れてしまったように見えた。それまで以上に聖書を読むようになって、コービン博士を慕って、日曜学校にはいつも早めに行きたがって……熱心なあの子を見て、わたしもうれしかった。でも、同時に――どう表現すればいいか――あの子はどことなく……動揺しているようにも見えた。いろんなことを、やたらと真に受けるようになって。しょっちゅう傷ついてるみたいだった。世界そのものに胸を痛めてた。やがてジョニーは肉を食べなくなって、魚にさえ口をつけなくなってしまって、とうとう卵も乳製品もだめになった――食べようとしないの――一時期は、どんな農家が生産したのかってことまで気にして。あの子が食べられるものなんかほとんどなかった。わたしがなにか食べさせようとすると、だれが育てて収穫したのか知りたがるの――ジョニーはどんどん痩せていった。十四歳か十五歳だったけど、女の子より小柄だったんだから――もう、どうすればいいかわからなかった。お医者さんには何人もかかったし、わざわざ街までいって精神分析医にも診てもらったけど――効果はなし。衰弱してるのに、入院させることもできなかった。わたしがちゃんとした保険に入ってないからって理由でね――たかが書類のせいで、病気の子どもを助けられないんだから。お医者さんたちは口をそろえて、ジョニーは強情なだけです、そのうち子どもじみた真似はやめるでしょう、と言った。コービン博士はなんの役にも立たなかった。まあ、博士《ドクター》といっても医者じゃないもの……みんながあの人のことをドクターと呼ぶけれど、医者じゃない――絆創膏の貼り方も知らないんじゃないかしら。とにかく、わたしにはどうすればいいかわからなかった。兄には、おまえは大げさすぎるんだ、心配しすぎは問題をややこしくするだけだ、と言われた。でも、心配せずにいるなんて無理だった——息子を見ると、顔の骨が見えるんだから——骸骨になってしまったみたいに。あの子をあんなふうにしたのは、ほかでもないわたし。わたしの息子をあんなふうにしたのは。

コロンバス夫人は、テーブルに両方の手のひらを置いたまま口をつぐみ、それから、ゆっくりと両手を引いて膝の上に置いた。

しばらくして、あの子は少しずつ普通にもどって、食べる量も増えていった。でも、あいかわらず肉だけは食べようとしなかったし、わたしが肉料理を作ると、それと会話をしようとした。一度なんて、キッチンカウンターに置いておいた牛挽き肉のパックに詩を読みきかせてたのよ。別のときは、自分には死者の声が聞こえるんだと言いだした。人間も動物も死ぬと同じ言葉を使うんだ、って。どう答えればいいのか、わたしにはさっぱりだった。死者の声が聞こえる……ジョニーの言うことは、もう、キリスト教さえ関係ないみたいだった。

そのとき、わたしにははっきりとわかった。わたしはコロンバス夫人の息子を理解できるだろうし、息子もわたしを理解できるだろう。唯一の悲劇は、ジョニーがここにはいないこと、二度とここへはもどってこないだろうこと、コロンバス夫人を覆いつくす石灰化した悲しみを見ればそれが事実だとわかってしまうことだった。この世には、ただ事実だとわかってしまうことがいくつかある。

それでも、ジョニーは相変わらずまじめに教会へ通っていたの。わたしにはコービン博士があの子をベジタリアンにしてしまったようにしか見えなかったけど、博士はそのせいで苦しんでいるわたしを助けようとはしなかった。ジョニーは自分の意思で菜食主義になったんだ、あの子になにか指図した覚えはない、と言いつづけた。何年かたつと、ジョニーが少しは元のあの子に戻ったような気がしたから、わたしは当時のことを聞いてみた——動物園のこと、食べ物を拒否していたこと、たくさんのことを気にしていたこと、肉に話しかけていたこと。鬱病かなにかだったのかもしれないね、とわたしが言うと、ジョニーは、あれは全部聖書から学んだことだよと言った。こうも言った。「ママ、ぼくにはなんの価値もない。ほかの人たちには価値があるかもしれない。でも、ぼくにはない」。だから、わたしは言った。「ジョニー、あんたにはちゃんと価値がある」。それでも、ジョニーはくりかえした。「ないんだ」。それから、わたしには理解できない話を長いあいだ続けて、最後に、自分はもうキリスト教徒が特別だとは思わない、聖書にさえ特定の人をのけものにするようなことが書いてある、と言った。教会でさえ自分にはなんの意味もないし、あそこへ通ってるのはママをよろこばせるためだよ、って。

コロンバス夫人は天井を見上げていた。小さく首を振り、そのまま天井を見つめつづけた。

そんな風に言われて、おかしな感じがした。ジョニーのほうこそわたしを教会へ連れていきたがっていると思っていたから——わたしが教会へ通うのはジョニーのためで、自分のためじゃなかったから。たしかに、気づいてはいたの。夜遅くまで聖書を読む習慣もやめてしまっていたし、夕食のときも自分から食前の祈りを唱えることはなかったし、礼拝に出ても賛美歌をうたおうとしなかった。気づいていたのに、大したことじゃないって思いたかったのね。それでも、うれしかった。

あの子は高校を卒業しても町を出ていこうとしないで、わたしのそばにいてくれて、ほかの男の子たちみたいに軍隊に入ったり遠くへいってしまったりすることもなかった。でも、いなくなる何日か前から、あの子はこんなことをしきりに言うようになった。自分にはもう、だれかがほかのだれかと違うとは思えないんだ、って。だから、わたしは言った。わたしも同じ考えよ、神さまの子どもたちはみんな平等なんだから、って。するとあの子は言った。ちがう、そんなんじゃない、もっと大きなもっと複雑な話なんだ。ある人をべつの人より愛することも、あるコミュニティをべつのコミュニティより優先することも、ある国をべつの国より信頼することもできないし、血の繋がった家族でさえ優先することはできない——自分が生まれついた家族には特別な意味なんかない、名前にだって意味はない。人はすべてを手放さなくちゃいけない。人は本当の意味で無でなくちゃいけない。イエスがぼくたちに伝えようとしたのはこういうことなのに、みんなは完全に誤解してる。人は無でなくちゃいけない。無なんだ。

コロンバス夫人は急いでハンカチを顔に押しあてた。

名前さえ持っていてはいけないって言うのよ。自分も名前を手放すつもりだ、って。コロンバス夫人は首を振った。あの子はこんな風に言った——こういうことを全部信じるのは自分にだってむずかしいけど、いまさら信じずにいることもできないんだ。でも、あの子を見ていると、わたしにもわかった。あの子はもう、そこにいなかった。そこにはだれもいなかった。

コロンバス夫人はハンカチをハンドバッグにしまった。ゆっくりと、慎重に、わたしを見た。だから。どうしてかわかるでしょう……むこう側の教会に若者がいたと聞いたとき、だから……

もしかしたらと思ったのよ。でも、あなたはちがう。あなたはあの子じゃない。あなたのことはなにも知らない。

コロンバス夫人は、最後にもう一度わたしを見た。わたしも夫人を見た。夫人の言葉は間違っていた。わたしたちは、たしかにお互いのことを知っていた。わたしたちがなにを知っているのか、なにを知らないのか、それは重要ではなかった。あなたのことは知らない、と夫人がそう口にしたその瞬間にさえ、わたしにはその事実がわかっていたし、夫人にもわかっているはずだという確信があった。口に出された言葉は重要ではなかった。いまこの時は。言葉はいつも、どれだけ骨を折ってもどれだけ意を尽くしても結局は伝えられなかったことの曖昧な言い換えにすぎず、そこには常に空白がある。わたしは黙っていた。

教会へ通うのはやめたの。ジョニーがいなくなってから、コービン博士にはきつい態度を取ってきたかもしれない。でも、あの人にもわかっているはずよ。わたしの息子がいなくなったのは自分にも責任があるってことが。わかっているはずよ。

コービン博士はすでに食堂にもどり、わたしたちのそばに立っていた。コロンバス夫人は立ちあがり、コービン博士に向きなおった。

みんな、悪いことはオルモス郡のようなところでしか起こらない、この町では悪いことなんか起こらないと思ってる。コロンバス夫人は言った。でも、それは間違ってる。大間違いよ。

わたしはコロンバス夫人の足音に耳をすました。足音は遠ざかり、二度と戻ってこなかった。コービン博士は席にすわった。だれかが、煮込んだ野菜をたっぷり盛った青い皿を二枚運んできた。

わたしたちは食べはじめ、手を止めて相手を見ることさえしなかった。

コービン博士は、道の先を歩いている人に気づくとトラックの速度をゆるめた。歩いている人はふちの広い帽子をかぶり、荷物はなにも持っていなかった。脇に垂れた両腕は、ただそこに付いているだけで、体とはなんの関係もないように見えた。

どこへ行くんだい? コービン博士は、その人に追いつくと声をかけた。

急ぎじゃないんだ。男性は言った。

なるほどね。コービン博士は言った。**気をつけて。**

ああ、もちろんだとも。

トラックは走りつづけた。

道路は草の生いしげった野原に両側を囲まれていた。やがてトラックは別の道に折れ、ポーチのある小さな家が立ちならんだ一画へ入っていった。角にある消火栓が勢いよく水を噴きだし、子どもたちが飛びはねながら水しぶきとたわむれていた。服が重たげに濡れていた。

今日は特別な日だからね。祭りの前日だ……子どもたちも学校を休んでる。きみもみんなと遊ぶといい。

コービン博士がトラックを停めたのは小さな黄色い家の前で、周囲には木が一本も生えていなかった。

だから、きみもこっちへ来ることになったのかもしれないね。むこう側の人たちは、今日は一日

家から出ないことになっているから。準備のためらしいが。

空気は湿り、熱かった。家のなかへ入っても暑さは変わらなかったが、薄暗かった。コービン博士が、車から持ってきた紙袋をソファのはしに置いた。

空き部屋はないから、嫌じゃなければここで寝てほしい。まあ、嫌だと言われても、ここで寝てもらうしかないんだ。コービン博士は笑った。**ヒルダからこれを預かった――着替えが必要になるかもしれないと言ってたよ。**コービン博士は肩をすくめ、わたしを連れて勝手口から裏庭へ出た。

裏庭では、白い折りたたみ椅子にすわった人たちが、鮮やかな青い布がかかった数卓のテーブルを囲んでいた。子どもがひとり駆けよってきてわたしの手をつかみ、裏庭のフェンスのわきに生えた、低いハナミズキのところまで引っ張っていった。三、四匹の犬たちが、互いを追いかけたり、なにかを探して地面のにおいをかいだりしていた。

見て！　子どもが木を指さした。手の届かない枝に一体の人形が引っ掛かり、垂れさがった髪がその顔を隠していた。**あそこに引っかかっちゃったの。**子どもは深刻な面持ちでそう言うと、今度は歌を口ずさみながら犬に駆けよっていった。

うしろで、知っている声がした――**そのうち教会につかまるだろうと思ってたよ。**声の主はガソリンスタンドの女性だった。ミルクとウイスキーをくれた女性だ。

なにか食べておきなさい。この時期は力を蓄えておかないと。暑さもひどいからね。いざという時のために備えておくんだよ。

女性が指さしたテーブルには皿やボウルが所狭しと並び、空いたスペースに押しこむようにして、ケーキの残りがいくつか置かれていた。テーブルのそばでは、だれかがコービン博士に何事かを大声で訴えながら、料理を盛った小皿をその手に押しつけようとしていた。

あんたの可愛い顔が見られてよかったよ、ベイビー。ガソリンスタンドの女性は言った。こんなに可愛い顔は見たこともない。女性は、静かに、なにかをあらためるように、わたしの目をのぞきこんだ。またあとでね。

庭の一部は下り坂になっていて、そこに細長い防水布を敷いてホースで水を流していた。子どもたちはひとりで、時々はふたり一組になって防水布の上を勢いよくすべりおりた。腹ばいで、頭から先に、歓声をあげながら。

きみもやってみるかい？　コービン博士がそばへきて、ケーキが一切れのった皿を差しだした。ここのご婦人方は、きみがケーキを食べるまで大騒ぎをつづけるよ。だから、食べておいたほうがいい。女性陣には抵抗できないんだから。ああ、抵抗したって無駄なんだ。

わたしたちは木の下に置かれた椅子にすわった。木の葉はまばらで陰はなかった。人々が寄ってきてはコービン博士に挨拶をし、時々は一緒に祈り、時々はただ話をした。だれが相手のときでも、コービン博士はほとんど話さなかった。耳をかたむけ、うなずき、口元には微笑みが浮かんでは消えた。わたしの肩をたたいて声をかけてくる人もいたが、そのあいだわたしは、朝がはじまるあの一瞬に、ステンドグラスから射しこんで天井ににじむ光のことを考えていた。やわらかくこぼれるあの光のことを。あの光を見たことのある人はどれくらいいるだろう。コロンバス夫人は見たことがあるだろうか。ジョニーやコービン博士はどうだろう。

きみか。顔を見せてくれないか。だれかがわたしのそばに立っていた。大柄な人だ。わたしは片手で陽の光をさえぎりながら顔をあげた――真っ赤なシャツと、まばらに生えた黒いひげが見えた。

レオナルドだよ。コービン博士が言った。

さてと。レオナルドはつらそうに膝を曲げ、わたしのほうへかがんだ。これでよし。そう言いながら、感情がほとんど読みとれない顔でわたしの目をまっすぐに見た。日曜日からこの町にいるんだろう？

ああ、そうだ。コービン博士が返事をしたが、レオナルドはわたしから目を離さなかった。コービン博士のとなりでは、ひとりの女性が声を殺して泣きながら、愛する人のことでなにか悲しい話をしていた。

なるほどな。レオナルドが言った。ここがきみにとっちゃ終点みたいなものなんだろうな。そうだろう？　なるほど。あの連中はきみを持てあましてここへ寄越したんだな？　それとも、面倒になってきたか。そういうことだろう？　ああ、そういうことだろうな。連中はそういうやつだよ――よりによって今週――よりによって今日という日にそんなことをするとはな。まあ、そういうことなんだろう。よくわかった。

メイン通りの教会の牧師から電話があって、力をかしてほしいと言われてね。コービン博士が言った。構わないと言ったんだ――すくなくとも、わたしは構わない。

ああ、構わんとも！　レオナルドは言った。どんな状況だろうと、あいつらに頼まれれば助けてやらなくちゃいけない。そういうことなんだろう？

コービン博士のとなりで泣いていた女性の泣き声が、かすかに高まった。弱々しい涙声はいつまでも続いた。芝生の上では大勢の子どもたちが歓声をあげていた。うれしそうに、水と、暑気のなかで。

この子は、むこうでだれの家にいた？　レオナルドが言った。

ボナー家のところだよ。

ボナーのところの奥さんはだれだ？

ヒルダ・ボナー。

グラッドストーンだろう。ヒルダはグラッドストーンの人間だ。

そのあたりの事情はよく知らないんだ。コービン博士は言った。

いや、知ってるはずだ。やっぱりな、メイズに聞いてたとおりだ。先週の日曜、あの一家は礼拝のあとでメイズの店に来たんだと。あんたも知ってのとおり、去年から町の白人たちは日曜の食事をメイズの店でとるようになった。なぜかは知らんが。話しあってそういうことになったんだろう。おそらくは。メイズはヒルダのことをむかしから知ってるんだ。ヒルダが小さい頃、乳母をしていたらしい。だが、ヒルダの父親がどんなやつかうわさに聞くと、それもすぐにやめた。

それで――それで、なにが言いたいんだい？　コービン博士は言った。

助けが必要な者を助けるなと言いたいわけじゃない。正直言ってこの問題はどう捉えればいいのかわからんが、とにかく、どうにもすっきりしなくてね。メイズが姉に聞いたらしいんだが、あの連中はこの子が教会で寝ているのを見つけて、いちかばちか救い主になることにしたんだと。家に引きとって、自力で解決策を見つけようとした——児童保護サービスに連絡することもしなかった。おれはあそこの職員を知ってるから、ちょっと寄って連絡があったか聞いてみたんだ。だが、あいつらは面倒なことになってくるとあっさりあきらめた。要は、むこう側の半分くらいの連中が、この子はどうも白人じゃないみたいだ、とか、純粋な白人じゃないんじゃないか、とか言って騒ぎはじめたんだよ。それでどうなった？ ええ？ 今度はなにをした？ おれたちに問題を押しつけたんだ。次はおれたちの番だと決めつけた。もしかすると、ヒルダの親父が娘のやっていることをかぎつけて、やめさせようとしたか——

わたしにはなんとも言えない。コービン博士は言った。泣いていた女性は泣くのをやめ、目を閉じて、手首につけたブレスレットのビーズをつまぐっていた。

おれは事実を述べているだけだよ。問題はタイミングだ。あいつらがこの少年を送りこんできたのが今日だってことだ。

少年？ 泣いていた女性がつぶやくように言った。わたしには——ほら、てっきりわたしは——

少年、少女。少女でも少年でもどっちでもいい。レオナルドが言った。大きな声だった。どうでもいい。どっちだろうと、すこしも——

もうやめて。言い方ってもんがあるでしょう。失礼なことばかり言って。女性はレオナルドに近づき、耳元に口を寄せて言った。

じゃあ、この子の前で言っていいこととだめなことを教えてくれ。レオナルドが言った。

まだどんな子かわからないじゃないの。わたしが言いたいのはそれだけ。もう少し親切に——

ああ、どんな子どもなのかおれたちにはわからない。レオナルドは、女性の言葉を押しつぶすようにしてさえぎった。この子が自分の意思でここへ来たなら話は別だ。だが、この子を送りこんできたのはグラッドストーン家だぞ。

グラッドストーン？　あのグラッドストーン？

グラッドストーンと言ったらあの家しかないだろう。

そうだったの。女性は言った。でも、そのあたりの事情はよく知らないから。

連中のことを知らんやつはいない。レオナルドは言った。その場にいる全員に話しかけているようにも見えた。知らんやつはいないのに、どいつもこいつも知らんふりをする。いつもそうだ。知ってるくせに、知らんふりだ。

女性はレオナルドに背を向けて立ちさろうとしたが、肩越しに振りかえってたずねた。あの人、どこかに監禁されたんじゃなかった？

ああ、そう聞いた。で、今度はあいつの娘が、よりによって今日という日にこの子どもをおれたちのところへ送りこんできた。なのに、あんたたちは文句ひとつ言わないんだからな。

あんただって、グラッドストーン家がわたしたちのコミュニティにしてくれたことは知ってるじゃないの。どれだけの寄付を――

あいつがほかのこともしたのはみんな知ってるのに、そっちについてはだんまりか。レオナルドが言った。

あの人はルエラの娘の結婚式の費用も払ってくれた。困っているのを知ってね。コービン博士が言った。費用のすべてを自分の懐から出してくれた。

あいつはほかのところでも金を払ってるだろうが——保安官に金をつかませてるじゃないか。だれだって知ってる。むかしは、グラッドストーンに取り入っておけば、どんな罪人でも牢屋を出られた。あの保安官はいまでもあいつに電話をかけて、あれこれ指示を仰いだり誰それはいいやつか悪いやつか聞いたり、そんなことをしてるんだよ。保安官事務所に知り合いがいるから知ってるんだ。保安官の電話は彼女に筒抜けらしいが、そいつは彼女を見くびってるから——

そのあたりの事情はよく知らないんだ。コービン博士は言った。

事情を知っているやつはひとりもいないみたいだな。

コービン博士は一冊の本を両手でもてあそんでいた。周囲の人々は黙りこみ、それから、近くにいる者同士で話しはじめた。だれかが不屈の精神について話しはじめると、べつのだれかがほら来た、お得意の話がはじまったぞ、と言った。レオナルドはいつのまにかいなくなっていた。家に帰ったのだろう。レオナルドもほかの人たちも、ばらばらになり、それぞれの家へもどっていった。それぞれの生活へ。彼らには面倒を見るべきものがたくさんあるようだった。

空模様が変わり、光が変わった。犬たちは家の陰で眠っていた。ホースの水は止められ、子どもたちは地面にすわりこんで、食べたり、昼寝をしたり、泥をこねて小さな山を作ったりしていた。コービン博士は食器を家のなかへ運び、時おり立ちどまって白い大判のハンカチで額の汗を拭った。

わたしは、となりの椅子にすわった人のほうを向いた——明るい青色のスーツを着た年配の女性で、帽子に巻いたリボンに小さな羽根を一本はさんでいた。女性が帽子を脱ぐと、時間に打ちのめされた顔があらわになった——彼女の目は酸で洗われたようで、澄んで清潔に見えた。くたびれ、あらぬ方をながめていた。強い光が彼女の見てきたすべてのものを薄れさせ、贈り物として空白を残していったかのようだった。

来ると思ってたよ。女性は言った。わかってた。

片手には帽子を、もう片方の手には杖を持っていた——杖の持ち手はウサギの頭の形をしていて、磨かれた桜材の上で宝石の目が光っていた。

新しいイエス様だ。

女性は杖で地面をたたき、小さな歯を見せて笑った。

わたしたちは長いあいだ待ちつづけ、愚か者だと言われてきた。愚か者なもんか。そう、信心深かっただけ。わたしにはわかってたよ。ずっとわかってた。待っていればわたしたちのもとにだけ幸福な日が訪れるんだって。その日まで生きていられたことを主に感謝するよ。

女性はうなずいた。

教えてちょうだい。どれくらい前から知っていたのか。はじめから知ってたのかい？　それとも、ある日突然気づいたのかい？

わたしは黙っていたが、女性はまぶしそうな顔でわたしを見つめ、返事が聞こえたかのように首を横に振った。壮大な、大切な物語が聞こえたかのように。

どんな風に知った？　あの方が来て、直接伝えていったのかい？

女性はわたしの目をまっすぐに見つめ、わたしも彼女の目を見つめた。その目に浮かんだ傷つきやすくてあからさまな優しさは、わたしがこれまで見たことも聞いたこともないようなものだった。わたしはまばたきをしなかった。身動きもしなかった。

わたしは……いや、たいしたもんだね。なんという人生を主はわたしたちに与えてくださったんだろうね。こんなことを見せてくださるんだから。こんなにも間近で。万事において、わたしたちはあんたを信じてるよ。万事において、わたしたちはあんたについていくよ。最後の瞬間まであんたについていくよ。

わたしたちはしばらく黙ってすわっていた。

最後の日。最後の夕陽。女性は首を横に振った。満面に浮かんだ笑みはとても大きく、音のない笑い声が聞こえそうな気がした。すべてが、ここにあるすべてが消えようとしているんだよ。わたしたち主の子どもたちは消えていく。すべての鳥が死ぬ。すべての犬も、洗礼を受けていないすべての者たちも、すべての虫も死ぬ。もう一度始まるんだ。新しいことが。もしかすると、無が。永遠の無が。すべてはこの時のために。そうだろう? すべてはこの時のために。最後の日のために。

女性はそれからしばらく静かに前を向いていた。陽の光が揺れていた。わたしの存在を完全に忘れてしまったかのように、ハナミズキの枝をごくかすかに揺らす風をながめていた。やがて、女性はまた口を開いた。わたしの考えは話したっけ。わたしはね――問題は――本当の問題は――仰々しい真似を続けてるってことだね。よかれと思ってやっているんだとは思うよ。少なくとも一部の人はほんとにそうなんだろうよ。でも、自分たちのことをご大層な名前で呼ぶのはやめなくちゃ――そうだろう? 宗教という言葉はいいよ。でも、聖職者なんてのはだめだ。それがわたしの考えだよ。

ママ、薬だよ。若い男性がそう言って、白い錠剤と、水の入ったコップを女性にわたした。女性が震える手でコップを口元へ持っていくと、水がこぼれ、その膝を濡らした。だが、女性のまなざしは揺らがなかった。ほんの一瞬も。

ソファはベッドのように整えられていて、シーツはクッションの下にたくしこまれ、枕も、畳んだキルトも用意してあった。コービン博士のそばには女性がひとりいて、なにか強い感情を隠した微笑を浮かべていた。**うちに来てくれて大歓迎よ。**女性は両腕を広げてわたしを抱きしめた。体のぬくもりが近づいてきて、わたしの体のぬくもりにぶつかった。女性はその体勢のまましばらく動かなかった。女性の頰を伝い落ちた温かい涙が、わたしの首からシャツの背中へ流れていき、皮膚を冷やし、シャツの生地を濡らし、わたしのなかへ染みこんでいった。

ほらほら、それくらいにして。コービン博士が言った。**もう休ませてあげないと。そうだろう？**女性が体を離すと、その目は赤くなっていた。わたしにアレルギーがあるみたいに。電話が鳴る音がして、女性は小走りにキッチンへ行って電話に出た。

ビニーは親切なんだが、コービン博士はキッチンのほうを見ながら言った。電話の相手と話すビニーの声が聞こえた。心配そうな、思いつめたような声だった。**相手に肩入れしすぎるところがあってね——もう少し気をつけたほうがいいんだ。親身になるというのも。身を削るわけだからね。親身になればわが身を削ることになる。だが、それには限度っていうものがある。**

ランドールからよ。キッチンから声がした。

ほらな。いつもこうだ。コービン博士は小声でわたしに言い、声を張りあげて返事をした。**そうか。なんだって？**

一晩泊めてくれって――

泊まりたいって？

あなたに聞いてみるって言ったのよ。

いいんじゃないか。ソファはもうひとつある。ピュウが気にしないなら。

わたしはうなずいた。気にしないと言ってるぞ。コービン博士は続けた。じゃあ、いいんじゃないか。

わたしの甥なの。リビングにもどってきたビニーが言った。畳んだシーツとキルトをひと山抱えていた。時々、姉に追いだされちゃうのよ。ケンカをしてね。なかなか仕事が見つからなくて。なかなか仕事が続かない、と言ったほうがいいかな。コービン博士が言った。ビニーはほんの一瞬コービン博士に視線をやり、毛布やシーツを広げにかかった。否定はできないだろう？

いい子じゃないの。

いい子というほど若くもない。

内面が若いの。ビニーの声色が変わり、目に影が射した。気持ちが若いのよ。

わかったよ。ああ、そのとおりだ。

わたしはソファのひとつに横になり、体に毛布をかけた。

服を着たまま寝るつもりかい？　コービン博士が言った。本当に？

わたしはコービン博士を見上げ、そうだと声を出さずに答えた。コービン博士はほほ笑んだ。起きたときに便利だからだろう？

しばらくするとコービン博士はリビングを出ていき、ビニーは表に面した窓辺に立って、ランドールが来るのを待った。やがてリビングに現れたランドールは、すでに格子柄のパジャマを着ていて、汚れたスリッパをはいていた。

ありがとう、ビニーおばさん。ほんとに助かったよ。

お礼なんかいいの。今日はルームメイトがいるのよ。聞いた？

うん、聞いたよ。

この子がランドール。ビニーはリビングに紹介をしているような体勢で言った。

どうも。ランドールが片手を差しだした。わたしがキルトの下から手を出すと、ランドールは握手をした。

ピュウを寝かせてあげるのよ、わかった？　いつもみたいに、ひと晩中話しかけたりしちゃだめ。夜はぐっすり眠らなくちゃ。それに、ピュウはお祭りに行くんだから。

ほんとに？

ええ、本当。ほら、もう寝なさい。

はいはい、わかってるよ。ランドールはそう言いながらキルトをあごの下まで引きあげた。ビニーはわたしたちに背を向け、電気を消してリビングを出ていった。わたしは暗い静寂のなかに体を横たえながら、もうひとつの体を意識していた。見知らぬ人の体がわたしと同じ部屋にある。それが遠く離れていながら間近にあることが心地よかった。音は聞こえなかったが、ランドールが呼吸をしていることはわかっていた。スティーヴンの家の屋根裏部屋で眠ったときとは空気がちがう動き方をした。

思うんだけど、ほかの人よりゆっくり生きる人もいるってだけなんだよな。暗く静かな部屋に、ランドールの声がふいに響いた。ママは、もういい年なんだからあれをしろ、これをしろ、と言う。ぼくがそういうことをやりたがらないと、それは問題だって言う。ぼくはそうは思わないけど、ママは譲らない。それで、あと一分だってあんたがこの家にいるのは耐えられないって言うんだ。そのうち気が変わるけどね。ぼくが家にいないと寂しくなる。実際、よくそう言ってるよ。だから、ぼくは時々ここに来て、しばらくしたら帰ることにしてる。ママは、息子がまだ実家にいるってことが悲しいらしい。「まだ三十五歳だぞ」。そう言ったら、「よく言うよ！」だってさ。三十五歳なんて、まだまだ若いじゃないか。ぼくはゆっくり生きてるんだろうね。二百歳まで生きるのかもしれない。むかしの人はそれくらい生きてたんだし、ぼくがまたそういう風になったっていい。

ランドール。寝室からビニーの声がした。おしゃべりはやめなさい。ピュウはあんたとは話さないの。もう寝る時間なんだから、あんたも寝てちょうだい。

はい、おばさん。ランドールは、かしこまった声でそっと言った。寝室のドアが閉まる音がした。

家のなかは静かになり、さらに静かになり、静寂よりも静かになった。

ひとつ聞いてもいいかな。しばらくすると、ランドールが小声でたずねた。

はい。わたしも小声で返した。

歳はいくつ？

覚えてない。

そのほうがいいよ——ランドールの声は眠たげで、どこかへ迷いこんだように聞こえた——歳なんかわからないほうがいい。そのほうが長く生きられる。歳を知らないほうがゆっくり成長できるのかもしれない。ひとりで過ごすのもけっこう忙しいんだ。嘘じゃない。ずっと考えごとをしてる。たとえば、こんなこと。ある単語をずっと見つめたり、何度もくりかえし口にしたりすると、だんだん元の響きを失っていったり、言葉のようには聞こえなくなったり、見えなくなったりする。こういうことをずっと考えてる。

キッチンで、電化製品が虫の羽音のような音を立てた。

氷を作ってる音だよ。ビニーおばさんが氷を作れる冷凍庫を買ったんだ。前は泊まりにくるたびにあの音にぎょっとしたけど、いまはなんの音かわかってる。なにが起こるかわかってれば、こわがることもない。でも、この世にはなにが起こるのかわからないことがたくさんあるよな。だから、時々こわくなるよ。ほんとに。外を出歩くのもこわくなる。みんなには、おまえはよそじゃ生きていけないって言われる。信じられないよ。よそで生きていける人なんかいるんだろうか。難しいよな。これもあの感じに似てるよ。単語をずっと見つめてると単語じゃないような気がしてくるあの感じ。ママがいなくならないといいな。

ランドールは、それから長いあいだ黙っていた。

母親がいなくなるなんてことはだれの身にも起こっちゃいけないよ。ママは、どんな母親も最後にはいなくなるんだって言うけどね。理解できないよ。したくもない。

わたしたちは眠った。

土曜日

目が覚めると家のなかはまだ暗く静かで、窓のむこうの空はうっすらと白みはじめたばかりだった。ランドールはいなかった。彼の使ったキルトやシーツは丁寧にたたまれ、ソファのはしに積みかさねられていた。おもてのポーチへ行き、雨が降りそうで決して降らない曇り空をながめた。雲間から頼りない朝日が射しこんできたころ、ビニーがポーチに出てきた。クリーム色の布で髪をひとつにまとめていた。ビニーはわたしのそばに無言でコーヒーカップを置き、また家のなかにもどっていった。少しすると、コービン博士がヒルダから預かったという茶色い紙袋を持ってきて、テーブルの上に中身を開けた。紙袋には、ワンピースが一着、ズボンが一本、ストッキングが一足、うすいシャツが二枚(どちらもボタンがいくつか取れていた)、清潔な靴下が二足、厚手の白いバスローブが一着入っていた。

好きに選べってことらしいね。コービン博士は衣類をながめて言った。**バスローブか——これが便利なんじゃないか——今日はバスローブくらい着ておいたほうがいい。**

バスローブは、片方の袖の縫い目のところが数箇所ほつれていた。わたしは立ちあがってバスローブをはおり、白いひもを腰に巻いて結んでから腰をおろした。コービン博士も椅子にかけ、わたしたちはそれぞれの苦いコーヒーを飲んだ。鳥のさえずりを聞きながら。

あと数時間ではじまる。無言の時間がふたりのあいだを流れたあと、コービン博士は口を開いた。**わたしは——わたしも、数年前の立ちあげに関わっていたんだ。祭りの立ちあげに。自分たちに必**

要なものはこれだと信じていた——信じて疑わなかった。だが、確信が持てなくなってね。人々にとって祭りとはなんなのか……当時ははっきりと確信があったんだが——もちろん、若かったせいもある。若いころはなんであれ簡単に確信するもんだ——だが、年を取ってくると、確信と無知が紙一重だということがだんだんわかってくる。

手すりに鳥がとまり、コービン博士は話すのをやめて鳥を見た。鳥は首を片側にかしげ、反対側にかしげた。それから、前にかがんで翼を広げ、飛びたった。

赦しというのは、時には姿を変えた忘却でしかない。そうでなければいいと願っているが——毎年、祭りの日が迫ってくると、そうとしか考えられなくなってね。で、どうなると思う？　祭りが終わればそう思ったことさえ忘れてしまうんだ。

通りを数人の警察官が歩いていった。真っ白な制服を着て、白い銃を持っていた。

おや、フクロネズミのちびさんが来た。コービン博士は、階段を駆けあがってきた少女に言った。

フクロネズミじゃない！　少女はコービン博士の膝によじのぼった。ママがドクターのおうちに行ってなさいって。膝の上で立ちあがり、小さな手で博士の耳をつかむ。

ドクターのお耳はどうしてこんなに大きいの？

こっそりやってくるフクロネズミの足音が聞こえるように。コービン博士が言った。

あの女の子、だれ？

お友だちのピュウだ。

あの子、どうしてあんな見た目なの？　少女はコービン博士に向きなおり、声をひそめてたずねた。

　コービン博士はそれには答えず、少女を抱きあげて家に入るとビニーを呼び、ＪＪという名前の小さいフクロネズミが朝ごはんを探しにきたよ、と言った。ドアが閉まり、しばらく、家の内部を流れる生活の音がにぶく聞こえてきた——皿にフォークが置かれる鈴のような音、ドアが開いて閉まる音、壁越しのくぐもった話し声。

　祭りのことをどう説明すればいいのかもわからない。コービン博士がポーチにもどってきて、わたしのとなりに腰をおろした。**わたしが思いえがいていたものとはちがうものになってしまった……たぶん、いまも参加している人たちにとっては、あの祭りも意味があるんだろう——わからんが。知っておくべきことはスティーヴンから聞いているんだろうね——なんにせよ、いざ始まればきみにもわかるだろう。説明はほとんど役に立たない。あれは儀式なんだ。わたしたちは儀式を作る。人は儀式を作る。そして、儀式というものにはほとんど意味がない。意味を持たせた儀式にさえ——ほとんど意味がない。儀式というのは、ただ執りおこなうものだ。**

　白いパトカーが一台、ゆっくりと家の前を通りすぎていった——コービン博士が手を振った。

　そろそろきみを送っていこう。

　会場へむかう車のなかから、歩道をそぞろ歩く家族の姿が見えた。全員が白い服を着ていた。女の子は白いワンピースに白いタイツを、父親は白いスーツを、母親はゆったりした白いワンピースを。すべての帽子が白く、すべての靴が白かった。だれかが押す乳母車のなかには、白い毛布をかけただれかが横たわっていた。男の子は白い短いズボンをはき、赤ん坊は白い布でくるまれ、ベストも、シャツも、スカーフも白かった。

数台の白いトラックが、子どもたちの横たわったベッドを荷台にのせて走っていった。別のトラックのうしろには、赤い文字の書かれた白いプラカードが取りつけられていた――

生けるものはみな
壊れている

少年の集団は、大型のプラカードを一枚抱えていた――

すべての過ちは
赦される

そのうしろでは、少女の一団が別のプラカードを掲げていた――

すべての過ちは
忘れられる

さて、到着だ。コービン博士が言った。みんなについていくといい。わたしの車が行けるのはこ

こまでだ。終わったらここで待ちあわせよう。わたしは無言でコービン博士を見つめた。だれかと再会することがあるとは思えなかった。今日という日は、なにかの皮をむいていくように不可逆的に進んでいた。むき出しの終わりへ向かって。

人々は、同じ速度で流れる洪水のように、同じ方向へ歩きつづけていた。小さな子どもや赤ん坊は大きな人の腕に抱かれ、なにも知らされず、なにもできないまま運ばれていった。ふいに聞こえる咳やくしゃみがぬるい沈黙をやぶった。人の体は言葉を発さずに話すことができる。

人の流れはますます密に、ますます緩やかになっていった。人々の両側をトラックが走りすぎていった。教会の鐘の音と、遠くで鳴りひびくいくつものサイレンの音を聞きながら、わたしたちは駐車場の中央に立つ黒ずんだ大きな建物に近づいていった。入り口は牛の群れが通りぬけられるほど広く、その上にキャンバス地の大きな垂れ幕がかかっていた――

赦した罪は
忘れられん

入り口のすぐそばには広々とした部屋があり、大勢の子どもたちが次々とそこへ入っていった。泣いている子どもやはしゃいでいる子どももいたが、ほとんどは退屈そうに床の上でじっとすわっていた。一瞬、床を這ったり不明瞭な言葉をつぶやいたりしている子どもたちのあいだを、二、三人の女性が――妊娠している者、赤ん坊を抱いている者――歩きまわっているのが見えた。わたしは、人々と同じ速度で建物の奥へ向かった。人の目を見ようとする者はいなかった。静寂はより静かに、より静かに動かなくなっていった。

廊下の先には——巨大な空間があった。天井はこれまで見てきたどんな教会よりも高かった。部屋の片側にある大きな窓はどれも煤で黒く曇り、壁は糖蜜色で、木の床は歩くたびにきしんだ。天井では大きなファンが回っていた。そのとき、着ていることさえ忘れかけていたバスローブのひもが緩みかけているのに気づいた。わたしはひもを締めなおした。数人の人たちが、集まってくる人々の肩をつかんで定められた場所へ連れていき、隊形のようなものを組んでいるようだった。わたしも両肩をつかまれ、ある位置まで連れていかれた。

人群れのなかに白いワンピースを着たヒルダの横顔が見えた。その顔は記憶にあるよりも小さく、穏やかで、ぼんやりと不鮮明に見えた。どんなことを告白するのだろうと考え、同時に、それを聞きたくないとも思った。ヒルダは自分のことを他人を侵害してきたほうだと思っているのだろうか。それとも、侵害されてきたほうだと思っているのだろうか。自分がどちらなのかわかっている人などいるのだろうか。わたしたちは、知らず知らずのうちにどれだけの害をなしているのだろう。自分はこんなにも善良だと思いこみながら、実際はどれだけの害をなしているのだろう。

ヒルダのなめらかに結いあげられた髪を見ていると、わたしはなぜか、生まれてこなかった人たちひとりひとりの圧力と気配を感じた。人々がひしめき、さらにたくさんの人たちが流れこんでくるこの巨大な部屋のなかに——この人だかりのなかに——いてさえ、わたしは無限に広がる人波を感じていた。それは別のわたしたちで、存在していながら存在せず、起こり得ず、生まれず、この先も生まれることのない、それでいていまここに存在する生を生きている、もうひとりのわたしたちだった。

広間にぽつぽつとついたほのかな明かりが、さらに薄暗くなった。黒いスカーフの入ったかごが手から手へと渡されていった。人々はスカーフを一枚取り、自分の目を覆った。並みいる人たちのあいだにネルソンの姿が見えた。ネルソンはまわりの人たちが目隠しをするのをながめ、それから自分も同じようにした——スカーフで目を覆い、両腕を体の両わきに力なく垂らす。部屋のはしに控えていた青年たちがロープを引くと、天井の滑車がきしんで幅の広い白いカーテンが下りてきて、人々を数人ずつのグループにわけながら、布の廊下、布の小部屋を作っていった。部屋の空気がきつく張りつめ、わたしの肺に入るのを拒みだしたような気がした。わたしは、ほかの人たちがしているように、スカーフで自分に目隠しをした。足を引きずるような足音が静かになり、さらに静かになっていった。ファンが止まる音がして、実体のあるものだけが部屋に残ったとき、鐘が数度鳴らされた。

次の瞬間、無数の声が聞こえはじめた——知っているような気がする声、もう少しで思いだせそうな声、思いだせたかもしれない声、わたしの知らない声、知らないと思っている声、だれのものかはっきりとわかる声、自分自身のもののように聞こえる声、長いあいだ忘れていた人の声、いつか知ることになるだろう人の声、いつかのわたし自身の声。初めのうち、言葉は聞きとれなかった。声はどれも遠く、速く、小さく、いびつだった。人々は動きはじめ、その歩みは初めのうちこそためらいがちだったが、次第に速くなり、彼らはぶつかり合う衝撃にそなえて両手を前に出した。肩が軽く触れあい、だれかの足がだれかの足を踏み、また離れた。

ずっと嘘をついていました

去年カンニングを

何か月も彼女と

盗んだかもしれません

不完全な言葉、完全な言葉、男性の声、女性の声、居直ったような声、悔恨に満ちた声、速い声、遅い声、それらが一体となってコーラスのようになり、ある一定のリズムを刻みはじめた――

十分の一税を収めませんでした

あの人たちのことを決めつけました

ずるを

黒人だけに高い料金をふっかけて

あの人に賄賂を

感謝の気持ちがあったかどうか

兄の芝刈り機を売って

離婚を夢見て

すべて当然のことだと

あの人は思っているよりも早く死ぬ

連中のことを決めつけて　　　　　　　　自分が神を信じているのかいまいち
あの女の子をしょっちゅう叩いています　　　　裁判所の人たちが
助けたいと思えなくて
代数の試験でカンニングを
まだ伝えていません　　　　妻を愛しているかどうか
あの時食料品を盗みました
子どもができたことを何か月も後悔しています
決めつけました　　　　　　　　いつも神を試すようなことを
家計が苦しかったのであの子のポニーを殺しました
あの人の財布からお金を
毎日悪態を　　時々彼女を殴ります　　ポルノを観るのをやめられません
本当は聖書を読むのなんか大嫌いなのに、まるで
教会へ行きたいなんて一度も
わけもなくリスを三匹銃で　　殺しました
泥酔したのに嘘を
となりの人が羨ましくて　　　　　　　祭りが心底嫌い
共同経営者に隠れて彼よりも多く
悪くなったチキンサラダをわざと

死ぬまで黙っているつもり
　わざと払いませんでした　　　　　見た目が気に入らなくて
　　　　　　　　　この時期が一番嫌い
　駐車場で連中のタイヤを切りさいて
赦しを乞うたことは一度も　　　　　あいつらを憎んだって別に
　四六時中嘘をついて　持っていないと嘘を
　　姉の服を盗んで全部捨てて
殺人を目撃して
　神の名をむやみに口にしてしまいます　だれがやったのか知っています
　離婚したいと　　　　　税金を納めたくない
どうしても許せない
　毎日逃げだしたいと　でも、怠け者なので
　　　　　ポルノをしょっちゅう
　　あの女が心底憎くて、どうしても
あのとき神の声が聞こえたと言ったのは嘘で
　　　　　　　　　わたしだけ多めに
　彼女はわたしがドラッグをやっていないと
妻には仕事だと言いましたが、本当は　　　　　買春を

貧乏人に金を恵んでやるなんて　　疑っています
聖書の教えを信じることができなくて、すべての人が
本当は神なんか存在しないのだとしたら
夫に歯向かって　　あの男が死んでほっとして
ふたりとも酔っ払って　　新しい牧師を軽蔑
信じるのが難しい　　父の金を時々盗んで
わたしがやったとは誰も
死にたい　口からでまかせを
子どもたちを平等に愛せない　　嘘をつきました
へそくりを
彼女がそうじゃないってことがバレるんじゃないかと
実は聖書を読んだことが一度も
あの女たち――なぜ自分はダメなのかわからない
あの人とずっと寝ています
嘘を　　こんな祭りになにか意味が
公平じゃないことはわかっていて　　あいつがいなくなったことをどうしても喜んで
夫以外の男性とならいつでも寝たいと
あの男を許したくない　　結婚前に

彼女は毎日のように机で泣いていますが、私は聞こえないふりを
近所の人のチューリップの球根を
今朝ビールを
死にたい
あいつのことは絶対に許せないと
毎年だれがどんな告白をするのか聞きとろうと
あいつらのせいだと
彼女に無理やり
どうして花が咲かないのか知らない振りを
こんな馬鹿げたことは大嫌いだし
脅迫して
あの女を心から許せるとは
この瞬間にも
全員から賄賂を
うぬぼれて
二度自殺をしようと
彼女に命令して
神様がいないと人が善良でいられないことが悲しくて
ふたたび、いくつもの鐘が鳴り、人々の声は——早口になる者、涙にむせぶ者、怒りをにじませる者——少しずつまばらになり、小さくなり、聞こえなくなった。
どうすればあの女を憎まずにいられるのか

神の天地創造について時々
わざと殺した
　　　　　　　ずっと疑って
病院から雑誌を盗んで
　　　　　　　　　　　　どうしてもやめられない

鐘の音が人々の声をかき消し、押しながし、やがて最後の鐘の音が鳴りひびき、空気を震わせながら消えていった。だれかがわたしの手を握った。**あなたを赦します**。また別のだれかが、**あなたを赦します**と言いながらわたしの手を取った。**あなたを赦します**。別のだれかが言い、また別のだれかが言った。いくつもの手がわたしの手を取っては離し、どの手も、まったくおなじ手のようにも、完全に異なる手のようにも感じられた。すべての人がすべての人を赦していた。目隠しを取ると、赤らんだ顔や、涙に濡れた顔や、恐怖で血の気が引いた顔が見えた。目隠しをつけたままの人々もいた。立ちすくみ、身じろぎもしない人々もいた。押しだまった人々もいた。赦しを与える轟音のような声のむこうに、町の子どもたちの泣き声が、土砂降りの雨のような嘆きが、嵐のような悲しみが聞こえた。

子どもは——あの子たちは、罪のことも神さまのことも本当によくわかってるのよ。うしろで声がして、わたしは振りかえった。このあいだ、屋敷の厨房で見かけた女性のひとりだった。**子どもたちは、強欲についても愛についても、大人よりよくわかってる。子どもたちは神さまのことをわ**

かってる。恐怖のことをわかってる。本能でわかってる。成長するということは、生まれながらにわかっていたことを忘れていくということ。そうでしょう？　子どもたちが泣いているのは告白ができないから――自分たちの邪悪さをわかっていながら、それを言葉で言うことができないからよ。だから、あの子たちは泣くの。でも、心配しないで――そのうち泣きやむから。

女性はわたしから離れていった。笑っている者もいれば、両手で顔を覆っている者もいた。床に寝転んでいる者もいれば、手をつないで立っている者たちもいた。微動だにせず、宙を見つめてただぼんやりとしている者もいた。彼らはどこにも、どの場所にも存在していなかった。照明が少しずつ明るくなり、カーテンが上がっていった。ファンが回りはじめ、天井で低い音を立てた。子どもたちがいっせいに広間へ駆けこんできて、おとなたちの膝のあたりで上を見あげながら、自分たちの居場所を、抱きあげてくれる人を探しはじめた。

そのとき、部屋のすみでタミーが床にしゃがみこんでいるのが見えた。ハルは身をかがめ、おおいかぶさるようにしてタミーを抱きしめていた。タミーはうめき、震え、両手で顔を覆った。

年によっては聞こえすぎることがあってね。ハルが近くにいる人に説明をしていた。そばを通りすぎてもハルが気づかなったので、わたしはほっとした。ふたりにはわたしのことを思いだしてほしくなかったし、わたしがこの場にいたことも、自分たちと共にこの時間を過ごしていたことも知らずにいてほしかった。広間は麻痺したような感情に支配されていて、わたしはそれに触れたくなかった。

町には感情があるんだ――ずっと前に、だれかがそう言った――ある種の思考は伝染するからね。

これまではその言葉の意味がよくわからなかった。いまも正確にはわかっていないのかもしれないが、おぼろげに意味をつかんだような気がした。

アーメン。だれかの声が聞こえた。**アーメン。**広間からいっせいに声があがった。陽の光が射すように。

あの声、どこから聞こえてるの？　ひとりの女の子が尋ねたが、そばに立っている女性は答えず、無言で唇にひとさし指を当てた。おなじ声が人の名前を呼びはじめ——**エドワード**——、人々は次第に静かになって——**アール**——音楽を聞くようにして呼ばれる名前に耳をかたむけた——**ジョンソン。**

なにをしてるの？　さっきと同じ子どもが尋ねた。

名前を読みあげてるのよ。女性がおさえた声で答えた。

だれの名前？

死んだ人たちの。

死んだ人たち全員？

一部の人たちだけ。

どんな人たち？

女性は言いよどんだ。子どもは一心に耳を傾けていた。ここで起きていることの意味を解読しようとでもするかのように。子どもは天井を見つめた。生きる方法を知ろうとしていた。

どんな人たち？　子どもはもう一度小声で尋ねた。

殺された人たちよ。
今日？
いいえ、今日じゃない。過去のこと。
ほんとに？
所有者のいなくなった名前は、いつまでも呼ばれつづけた。
どうして死んだの？
人はみんな死ぬの。
でも、その人たちは殺されたんでしょ？
ええ。
わたしたちもみんな殺されるの？
いいえ。
じゃあ、どうしてその人たちは殺されたの？
女性はさっきよりも長いあいだ黙りこみ、やがて、子どものとなりで床に膝をついた。
その人たちがやったかもしれないことのために。
だれが殺したの？
わたしたちが選んだ人たちが。
選ばれた人たちは、みんな人を殺さなくちゃいけない？
ええ。

選ばれたい人なんているの？

だれかが選ばれなくちゃいけない。女性は少し考えて言った。わたしたちが選ばなくちゃいけない。

どうしてあの人は名前を読みあげてるの？

これはわたしたちみんなが一緒に犯してきた罪だから。どんなに邪悪でもわたしたちがやらなくてはいけないことだったから。

わたしも？

わからない。あなたはやらなくてもいいかもしれない。いまはね。

子どもは床にすわりこんだ。その顔は涙で洗われなくてはいけなかった。体から流れおちる温かい水によって。わたしはまだここに存在しますという、体の無言の声によって。

最後の名前が読みあげられると、声は言った。アーメン。全員が声をそろえた。アーメン。

軽食が——声が言った——駐車場に用意してあります。人々は、建物へ入ってきた時に通ったいくつものドアに向かって、ゆっくりと歩きはじめた。だが、広間の奥には開けはなたれたドアがひとつあり、すぐむこうで人の影が動いていた。説明してくれる人を探してあたりを見回したが、見えたのは感情の欠落だけだった。だれもがだれのことも見ていない。同じ方向へ向かって、ここから去っていく。

わたしは奥のドアへ向かった。外へ出た。人々の嵐のような声は背後で消えていった。アニーがいて、はるか遠くまで広がる草地を眺めていた。草地の果ては、わたしたちには行くことも叶わないほど先にあった。まわりにはほかにも何人かいた。彼らの顔には欠落ではなく静けさだけがあった。わたしたちのあいだには、どんな人といるときもそうであるように、空気が流れていた。空はわたしたちを区別しない。

で、これからどうすればいいの？ アニーが尋ねた。わたしに聞いたのかもしれないし、自分自身に聞いたのかもしれないし、あなたに聞いたのかもしれなかった。

ずっとむこうに、木々が二、三本ずつかたまって生えていた。自分はここにいるべきではないとわかっていた。すべては偶然によって起きたこと。わたしたちはみな、本当はどこかべつの場所にいるはずだった。わたしはしばらくその場に立ち、それから歩きさった。アニーから一歩離れた瞬間、わたしは以前と同じだけひとりになったが、それでも、アニーが——アニーと呼ばれれば答えるが、与えられた名前より真実に近い別の名を持つ彼女が——この世界から消えたわけではないことはわかっていた。彼女はただ、この場所から消えただけなのだから。いま、わたしたちは世界の内部により深く入りこみ、土のなかへ沈み、あなたの声帯に——あなたの喉の奥にひそんだ声帯に——組みこまれている。

わたしがどこへ行ったのか知る者はいないし、わたしもわたしがどこへ行ったのか、アニーがどこへ行ったのか、あなたがどこへ行ったのか知らないが、自分がどこかへ行ったこと、去ったこと、完全に去ったことはわかっている。あの夜はすべてが静かで、いまもすべてが静かだ。すべては不確かなまま。頭上では灰色の雲が荒立っていた——いまこのときも雲は荒立ち、地上に影を落としている。わたしたちがひとり残らず歩みさったあとも、雲は影を落としつづけるだろう。地面は濡れている。あの夜わたしはひとりになり、それからずっとひとりだ。わたしたちはみな去り、とうに去り、永遠に去った。

すべては静かなまま。空は不確かなまま。わたしは歩きつづけている。おそらく、あなたに向かって。地面は灰色で、空は濡れている。わたしは不確かなまま。地面は確かなまま。わたしはひとりではない——わたしは空と地面と共にあり、あなたもまた、別の空と別の地面とともにある。いま、それはわたしたちのものだろうか。空は確かで、この冷たさも確かで、わたしは静かだ。わたしたちはお互いを見つけるだろうか。地面は沈黙している。わたしは不確かなまま。空は静かだ。空は決してわたしたちを区別しない。わたしたちは借り物の空気で話をする。空はまるで、青く果てがあるように見える。

訳者あとがき

本書は、*Pew*（Farrar, Straus and Giroux, July 21, 2020）の全訳である。

著者のキャサリン・レイシー（Catherine Lacey）は一九八五年にアメリカのミシシッピ州で生まれ、コロンビア大学でノンフィクション分野のＭＦＡ（芸術修士）を取得した。現在はニューヨークとメキシコを拠点として執筆を続けている。

レイシーは、二〇一四年に長編小説 *Nobody Is Ever Missing*（Farrar, Straus and Giroux）でデビューした。二〇一二年にニューヨーク芸術財団（ＮＹＦＡ）の助成金を得て完成させたこの作品は、マンハッタンでの豊かな暮らしを突如捨て、ニュージーランドでヒッチハイクの旅をはじめる女性の話だ。姉を自殺で失ったトラウマを抱える彼女は、自分自身の人生から失踪しようと、野宿をしながら広大で平板な大地をさまよい続ける。

テーマとしては『ピュウ』と重なる部分も多いが、寓話的な本作と比べてこちらは読みごたえのあるロードノベルになっている。文体も本作とは新鮮なまでに異なり、内的衝動に駆り立てられているかのように勢いのある一人称のセンテンスは、時に一ページ近くに及ぶ。

デビュー作は、『ニューヨーカー』の二〇一四年のベストブックに選出され、『タイムアウト・ニューヨーク』においても「今年のベスト」だと激賞された。二〇一六年には国内の前途有望な新人作家に贈られるホワイティング賞を授賞している。ダニエル・アラルコン、ベンジャミン・パーシー、ベン・ファウンテンといった著名な作家たちが贈られてきた賞だ。二〇一七年には、イギリスの文芸誌『グランタ』が十年に一度選出する Best of Young American Novelists の一人として、ベン・ラーナーやジェシー・ボールらと共に選ばれた。

二作目の ***The Answers***（Farrar, Straus and Giroux, 2017）では、原因不明の全身の痛みに苦しむ主人公の女性が、医療費を工面するためにある富裕な俳優の実験に協力する。愛情を科学的に解明することを目的としたこの実験は、複数の女性に「感情」「母性」など固有の役割を与えた上で俳優の恋人役を演じさせるというものだった。実験中の行動や発言はあらかじめ厳密に指定され、そこから逸脱することは許されない。彼らの関係性からは、「個」というものが完全に排除されている。主人公の内向的な性格を表現してか、奔流のような文体の一作目とは異なり、全体にためらいと内省の雰囲気が漂っている。***The Answers*** も、デビュー作とは異なるスタイルとトーンを再び高く評価され、『エスクァイア』『ヴォーグ』『カーカス』『ハフィントン・ポスト』といった名だたる雑誌のベストブックにランクインし、ニューヨーク公共図書館ヤング・ライオン賞の最終候補となった。

そして三作目となる『ピュウ』では、アメリカ南部の小さな町にやってきた、身元不明の彼／彼女を中心に物語が展開されていく。便宜的に〝ピュウ〟と名付けられたこの人物は、名前や国籍、性別や人種といった情報がなにひとつわからない。〝ピュウ〟の登場は、敬虔なキリスト教徒の多い保守的なこの町に、静かな動揺を広げていく。本作は、二〇二〇年五月にイギリスで Granta 社から、七月にアメリカでFarrar, Straus and Giroux社から刊行されると、過去二作と同様、『ガーディアン』や『ニューヨーカー』などで高い評価を受けた。アメリカの書評誌『カーカス』は星付きの書評を寄せ、「レイシーは、今回も抑制が効いていながら神話的で際立って美しい物語を完成させた」と評した。ヤング・ライオン賞を受賞したほか、若手作家を対象としたディラン・トマス賞の最終候補に選ばれている。

こうして三つの作品を並べてみると、設定や主人公の人物造形、文体の多様さと豊かさに改めて驚かされる。なかでも『ピュウ』は前の二作と比べて作風が大きく変わっているが、一番の違いは主人公の視点の位置だ。過去二作では、世界や肉親とのつながりや死といった、個人にはどうしようもできないなにかと抗う主人公たちの姿が描かれた。彼女たちは世界の内側で戦っていたが、対してピュウは、世界そのものを理解しようとしているかのようだ。

過去さえわからないピュウだが、エピグラフに用いられた『オメラスを去る人たち』の引用は手がかりなのだろうか。アーシュラ・K・ル＝グウィンの有名なこの短編（邦訳は小尾芙佐他訳『風の十二方位』ハヤカワ文庫SF所収）には、オメラスという架空の理想郷が描かれる。豊かで平和なこの都には、醜悪な秘密がひとつある。都の繁栄は、汚物にまみれた地下牢にひとりの子どもを幽閉することで守られているのだ。このジレンマに耐えられなくなった者たちは、彼らだけが知るどこかへ向かって去っていく。時どき差し挟まれる記憶は、この都で生贄にされていた子どものそれなのだろうか。だが、ピュウが記憶の断片を拾い集めることはなく、過去を探ろうと行動を起こすこともない。むしろ、身元不明というピュウの特徴は、明らかにすべきものとして描かれるのではなく、表面的な情報を必死になって明らかにしようとする人たちの滑稽さや不気味さを浮かび上がらせていく。

どこかから来て、どこへ行くあてもないように見えるピュウだが、それではなぜアメリカ南部の――ポーチと揺り椅子の描写や「コークを飲みな」といった台詞から、南部であることが示唆される――この保守的な町にたどり着いたのだろうか。なぜレイシーはこの町を物語の舞台として選んだのか。

レイシーは、イギリスの作家マックス・ポーターとのオンライン対談(https://www.youtube.com/watch?v=b8vydtk5dGE&t=625s)で、『ピュウ』を執筆した背景について問われると、つぎのように語った。

「私は自分の生まれたミシシッピ州の政治や常識や礼儀作法といったものに常に疎外感を覚えてきました。(中略)ミシシッピという場所に対して感じる苦悩を切り離すこと。それがこの本を書こうと思ったきっかけです。わたしはつねにミシシッピについて書こうとしてきました。たぶん、クレヨンでおはなしを書いていた子どものころから。いま思い返すと、あの場所について書いたものには怒りがあふれていました。(中略)ミシシッピはアメリカという国の縮図です。南部はアメリカの縮図なんです」

この作品は、生まれ故郷に対する――ひいてはアメリカという国そのものに対する――違和感を、世界を観察するピュウを介して可視化する試みであるとも言えるかもしれない。実際、町の住民たちは明らかな悪人というわけではない。真面目なクリスチャンで、コミュニティの結びつきはとても強い。ピュウに対しても、暴力に訴えて排除しようとするのではなく、基本的には親切に接しようとする。だが、だからこそ、善意の言葉に紛れ込むぎょっとするほど差別的な言葉に、ひとつのコミュニティと、そこに現れた異質な存在との埋めがたい距離を突き付けられるような気持ちがする。白人と黒人にわかれて――白人のコミュニティから白人以外を排除することで――穏やかな暮らしを送ってきた人たちは、白人とも黒人ともつかないピュウの登場によって、とっくの昔に折り合いをつけたはずの居心地の悪さを絶えず覚えるようになる。

黒人と白人の分断という面からこの物語を捉えると、日本に暮らすわたしたちには一見関係の薄い話のように思える。だが、排他的なコミュニティの平和というものについて考えてみると、この町と日本はむしろよく似ているのではないだろうか。『ピュウ』には、牧師が執拗なほどピュウの性別を明らかにしようとする場面や、ハロルドが「目を光らせておく必要があるんですから――なんであれ……普通ではないものには」と、吊し上げに近い形でピュウを批判する場面がある。ある場所に所属していない人々に対して説明を求め、その説明が行われなかったとき、あるいは一貫性や明確さに欠けていたとき、相手の背景を理解しようとするのではなく、不明瞭さは後ろ暗い意図や嘘の表れだと決めつけてしまうこと。いままさに(二〇二三年五月上旬)、国会では入管難民法の改案の審議が進められているが、『ピュウ』に描かれた違和感は、わたしたちが改めて持つべき違和感として迫ってくるようだ。

『ピュウ』の抽象的なラストシーンについては、本国の様々な雑誌や新聞の書評でも明確な解釈はされていない。ピュウは、オメラスから歩き去った人々のように、この町から歩き去った。だが、どのように去ったのか——祭りの儀式と関係があるのか——どこへ去ったのか。最後のシーンに描かれる母親と女の子のやり取りは、シャーリー・ジャクスンの「くじ」(邦訳は深町眞理子訳『くじ』ハヤカワ・ミステリ文庫所収)を引き合いにして語られることが多い。「くじ」に登場する架空の村には、豊作を祈るために毎年くじ引きで生贄を選ぶ異様な慣習がある。コミュニティの平和を守るには犠牲者が必要なのだと娘に説く母親の姿には、「くじ」の朴訥な村人たちの狂気が見えたときとよく似た恐ろしさを感じる。

だが、「くじ」が完全なフィクションであったのに対し、『ピュウ』のラストには、奴隷制度を長く温存し、人種隔離政策を取っていた南部への批判がこめられている。儀式の最後に「声」が「エドワード」「アール」「ジョンソン」という名前を呼ぶが、エドワード・アール・ジョンソンは実在した黒人男性である。一九六〇年にミシシッピ州で生まれたジョンソンは、十八歳のときに警察官の殺害と六十代の女性への暴行罪で逮捕された。八年間のあいだ無罪を主張し続け、また、暴行の被害者女性が彼は犯人ではないと証言したにもかかわらず、一九八七年に二十六歳の若さでガス室で処刑された。

デビュー作の *Nobody Is Ever Missing* というタイトルは、作中で Nobody is ever missing to yourself(だれしも自分からいなくなることはできない)と続く。レイシーは、一作目から本作に至るまで、自分とはなにかという問いの答えを探し続けているように思える。答えがわからないからこそ、おなじ問いが形を変えて何度も繰り返される。本作はその問いがもっとも純化された形で現れた作品だ。アイデンティティを可能な限り削ぎ落としたとき、最後に残るものはなにか。ピュウはどこかから来て、またどこかへ行く。だが、だれしも自分からいなくなることはできない。「ミシシッピという場所に対して感じる苦悩を切り離す」ために書かれた物語の最後に、現実のコミュニティで犠牲になった男性の名前がふと現れるとき、著者はそのことを改めて強調しているような気がする。

また、レイシーは、二〇二三年三月に新作 ***Biography of X*** を Farrar, Straus and Giroux 社から発表した。伝記の形式を取ったこの小説には、アーティストとして二十世紀にアイコニックな存在となったXという女性の半生が綴られる。フィクションとノンフィクション、伝記と小説というジャンルに切り込み、今回も前作とは大きく異なる作風を切り拓いている。

最後になりましたが、翻訳の重要な部分について多くのご指摘をくださった編集の須藤建さんには大変お世話になりました。また、訳者からの質問に丁寧に答えてくださった著者のキャサリン・レイシーに深く感謝いたします。

二〇二三年五月

井上　里

キャサリン・レイシー（Catherine Lacey）
小説家．1985年生まれ，アメリカ，ミシシッピ州出身．コロンビア大学で学び，ノンフィクションの分野でMFA（芸術修士）を取得．2014年のデビュー作 ***Nobody Is Ever Missing*** で，『ニューヨーカー』が選ぶ2014年のベストブックに選出．2016年，アメリカの前途有望な新人に贈られるホワイティング賞を受賞．2017年には文芸雑誌『グランタ』が10年に1度選ぶ Best of Young American Novelists の一人に選出された．本作『ピュウ』は3作目にあたる．

井上 里
翻訳家．最近の訳書にエルナン・ディアズ『トラスト――絆/わが人生/追憶の記/未来』，ジュリア・フィリップス『消失の惑星』（以上，早川書房），ナオミ・ノヴィク『闇の魔法学校』（静山社），ジョーン・リンジー『ピクニック・アット・ハンギングロック』（創元推理文庫）など．

ピュウ　　キャサリン・レイシー

2023年8月30日　第1刷発行

訳 者　井《いの》上《うえ》 里《さと》

発行者　坂本政謙

発行所　株式会社 岩波書店
〒101-8002 東京都千代田区一ツ橋2-5-5
電話案内 03-5210-4000
https://www.iwanami.co.jp/

印刷・法令印刷　カバー・半七印刷　製本・牧製本

ISBN 978-4-00-024553-1　　Printed in Japan